Brevier
für den Stier

Zeichnungen von

Heinz Fidelsberger

Brevier
für den
Stier

1000 Tips für Liebe, Glück,
Erfolg und Gesundheit

Gondrom

Lizenzausgabe für den Gondrom-Verlag, Bayreuth

Gestaltung des Schutzumschlages: Herbert Schiefer
Printed by Peli Printing Works Ltd., Israel

ISBN 3-8112-0382-7

Inhalt

Der Stier ist stets
der edlen Kunst sehr zugetan

Ein Wort zuvor

Astrologie – das Wort kommt aus dem Griechischen und bedeutet soviel wie Sterndeutung. Es geht dabei um den Versuch, das Geschehen auf unserem Planeten Erde und das Schicksal des Einzelmenschen aus bestimmten Stellungen der Gestirne abzulesen, und in bezug auf Vergangenheit, Gegenwart und Zukunft zu interpretieren. Astrologie ist ein Gebiet, das man ernst nehmen muß – denn seine Grundzüge sind seit Jahrtausenden im menschlichen Denken verankert und entsprechen ganz offenbar einem tiefen Bedürfnis. Anders wäre nicht zu verstehen, daß die Astrologie immer wieder bekämpft, besiegt und totgesagt wurde – und daß sie noch immer weiter besteht und faktisch in allen Schichten und auf allen Erdteilen ihre begeisterten Anhänger hat.

Astrologen gehen von der Überzeugung aus, daß zwischen der Sternenwelt und irdischen Vorgängen ursächliche Zusammenhänge bestehen. Daran glaubten bereits die Urväter der Astrologie, die im fernen Mesopotamien zuhause waren. Sie erhoben ihren König zu göttlichen Ehren und schrieben ebenso den Planeten Göttlichkeit zu. Daraus schlossen sie auf eine Abhängigkeit zwischen den Gestirnen und dem Herrscher, durch die die Taten des Königs und die Geschicke des Reichs bestimmt wurden. Das war der Ursprung der sogenannten Planeten-Astrologie.

In Ägypten, wo schon immer der Sonnenkult heimisch war, entstand um 2000 vor Christus die Tierkreis-Astronomie. Die ägyptischen Weisen entwikkelten eine Art Nachtuhr, in der der Aufgang bestimmter Sterne und Sternbilder für das ganze Sonnenjahr verzeichnet war.
Um 150 vor Christus wurde die babylonische Planeten-Astrologie mit der ägyptischen Tierkreis-Astrologie verbunden, in einem Werk, dessen Verfasser man sogar mit Namen kennt: es waren die beiden Ägypter Nechepso und Petosiris. Ihr Kompendium enthält bereits so ziemlich alle Deutungsregeln, die bis heute in der Geburts-Horoskopie angewendet werden. Die endgültige Rundung dieses Systems erfolgte durch den bedeutenden Philosophen Ptolemäus, der um 150 nach Christus in Alexandrien wirkte.
Die Astrologie verbreitete sich über die gesamte hellenistische und arabische Welt, faßte in Rom Fuß und gelangte nach Persien, Syrien, Indien und China. In Ostasien hat sie sich allerdings völlig eigenständig entwickelt, wie wir aus den chinesischen Jahreshoroskopen mit ihren für uns seltsamen Regenten wissen.
Der Heilige Augustinus – und in seinem Gefolge die Kirchenväter – sahen in ihr einen Verstoß gegen die Entscheidungsfreiheit des Menschen und die Allmacht Gottes. Doch sie konnten diesen „Irrglauben“ nicht austilgen. Alle Astronomen, einschließlich Tycho de Brahe und Johannes Kepler, waren überzeugte Astrologen. Erst im 18. Jahrhundert, mit der Entdeckung anderer Sonnensysteme, setzte sich ein neues, der Astrologie anscheinend widersprechendes Weltbild durch. Doch die Astrologie hielt

Die Schlacht am Buffet
gewinnt der Stier immer

an ihrem traditionellen Regelwerk fest, das gerade in den letzten Jahrzehnten durch neueste Forschungen immer wieder eine Bestätigung erfuhr. Jüngste Erkenntnisse über die genetische Information, über die physikalischen Verhältnisse in unserer Sonnenwelt, über die wechselnden elektromagnetischen Felder um unsere Planeten stimmen mit uralten Erfahrungen überein. Auch die Psychologie hat vieles bestätigt, was Horoskop-Kundige schon immer behauptet hatten.
Noch wird die Astrologie nicht als Realwissenschaft bezeichnet – aber die Distanz, die sie von ihr trennt, wird merkbar geringer. Was auch damit zusammenhängt, daß die heutige Astrologie, sofern sie von Fachleuten mit profundem Wissen ausgeübt wird, längst davon abgerückt ist, daß man mit Hilfe eines Geburtshoroskops das Aussehen, den Charakter bis ins letzte Detail, die berufliche Position, die Zahl der Eheschließungen und der Kinder, sämtliche Krankheiten und schließlich den Todeszeitpunkt bestimmen könne. Die Astrologie liefert einen Rahmen, sie gibt ein Bild von dem, was in einem Menschen steckt, was auf seiner Linie liegt, wo seine Stärken und seine Schwächen sind, wovor er sich zu hüten und was er zu fördern hat. Sie sieht ihre vornehmste und schönste Aufgabe darin, Ratschläge und Erklärungen zu geben, kurz, ein kosmischer Wegweiser zu sein, der den Menschen in seiner Unsicherheit stützt und ihm hilft.
Aber man braucht gar nicht die hehre Wissenschaft zu bemühen, um der Astrologie ihre Daseinsberechtigung zu bescheinigen. Es genügt, die alten Volksweisheiten zu betrachten, die sich mit dem Einfluß der Gestirne, vornehmlich des Mondes, auf alles,

was lebt, wächst und gedeiht, befassen. Seit eh und je weiß man, daß die Gezeiten – Ebbe und Flut – vom Mond ausgelöst werden. Jeder Laie kennt Fälle von Mondsüchtigkeit, die die davon Betroffenen zu seltsamen Wanderungen unter nächtlichem Himmel veranlassen. Richter und Anwälte führen bei so manchem Verbrechen die Tatsache ins Treffen, daß der Täter während bestimmter Mondphasen nicht im Vollbesitz seiner geistigen Kräfte war. Und schließlich die Kräuterkundigen! Diesen ist seit Jahrhunderten bekannt gewesen, wie der Mond das Wachstum der Pflanzen beeinflußt, in welchen Nächten er die Säfte am höchsten steigen läßt, sodaß die heilsamen (oder auch giftigen!) Gewächse zu diesem Zeitpunkt ihre größte Wirksamkeit entfalten und also raschestens gepflückt werden müssen. In der Astrologie treffen Erfahrung aus dem Volk und höheres Wissen der Kenner und Könner zusammen. Sie bestätigen sich gegenseitig, sie ergänzen einander. Wer sich bei der Astrologie Rat holt, wird kaum enttäuscht werden, denn eines bringt sie ihm verläßlich: Selbsterkenntnis. Und die ist nicht nur der erste Weg zur Besserung, sondern zweifelsohne auch der erste Weg zu besserer, glücklicherer Lebensgestaltung.

*Die Gutmütigkeit des Stiers
ist praktisch grenzenlos*

Ganz typisch: Stier

Rennt einer mit gesenkten Hörnern gegen das Schicksal an, zeigt er bei Debatten und Diskussionen unbeugsame Beharrlichkeit – dann ist das mit Sicherheit ein Stier. Dabei ist der im Sternzeichen Stier Geborene, von der Venus Beherrschte, dessen Element die Erde ist, ein durchaus friedliebender Mensch. Er will allen Mitmenschen wohl, und deshalb will er jeden vor Fehlern bewahren, und von dem überzeugen, was er für richtig hält. Er tut das nicht aus Rechthaberei. Schließlich ist seine Meinung das Ergebnis langer und gründlicher Überlegungen, und daß seine Mitmenschen dabei nicht immer allzu gewissenhaft sind, das weiß er ja. Was das Schicksal angeht, so kann er einfach nicht glauben, daß Beharrlichkeit nicht zum Ziel führt. Also rennt er gegen sein Schicksal an – nur meist nicht im Zorn –, er tut es wie eine Arbeit, die ihm aufgetragen ist. Er muß die Mauer niederreißen, hinter der er das Ziel vermutet, und hat er das geschafft, und türmt sich dahinter eine neue, umso besser! Er läßt sich nicht abschrecken. Was er wirklich braucht, ist eine gesicherte Ausgangsposition. Ein armer Stier fühlt sich als das ärmste Wesen der Welt. Droht seinem Bankkonto die Ebbe, gerät er in Panik. Er ist wirklich nicht habgierig, aber, so meint er, man muß immer mehr in Reserve haben als man ausgibt. Ist das nicht die Pflicht eines anständigen Menschen, jederzeit zahlungsfähig zu sein? Er braucht auch sein Zuhause. So anspruchslos er in vielen Belangen ist, wenn er nicht genau die Möbel findet, die seiner Meinung nach in seinen Raum gehören, schaltet er auf stur. Andere Möbel tun es nicht. Er kapriziert sich auf gediegene Stücke und kann mit der ganzen Tischlerzunft in Konflikt geraten, wenn sie nicht das erzeugt, das ihm, aus welchem Grund auch immer, als das einzig Mögliche erscheint. Kann er sich seinen Geschmack nicht leisten, dann haust er lieber in leeren Räumen.

Auch das Essen liebt der Stier, wie alle sinnlichen Genüsse. Aber es müssen nicht unbedingt Delikatessen sein, Hausmannskost tut es auch – wenn sie gut ist. Er wählt unter dem Kartoffelangebot wie andere unter Kaviarsorten. Er verabscheut Snobs, die das Essen zum Statussymbol machen und findet Snobismus auch auf jedem anderen Gebiet entsetzlich. Daß ein Etikett ein Kleidungsstück begehrenswerter machen soll, will ihm nicht in den Kopf, und wenn er sieht, wie andere dafür überhöhte Preise zahlen, könnte er weinen. So komisch er auf ihr Prestige bedachte Zeitgenossen findet, so sehr beeindruckt ihn wirklicher Erfolg. Er muß sich nicht unbedingt im Dunstkreis Prominenter sonnen, aber er ist felsenfest davon überzeugt, daß hinter jedem Erfolg eine Leistung steht, und vor Leistungen wird er demütig. Begegnet ihm einer, der sich einen gewissen Ruhm erworben hat und muß er erkennen, daß an diesem Menschen nur wenig Bewundernswertes ist, dann verfällt der Stier in schwarze Trübsal. Denn hier waltet Ungerechtigkeit, und der Stier ist der Gerechtigkeitsfanatiker par excellence. Das macht ihm den Umgang mit Menschen manch mal so schwer. Er kann stundenlang in aller Harmlosigkeit versuchen, einen Nobelpreisträger davon zu überzeugen, daß der Preis einem anderen zusteht, denn was wahr ist, muß auch wahr bleiben. Fühlt sich der Stier aber verstanden und geliebt, fühlt er sich in einem Kreis wohl und angenommen, dann ist er durchaus nicht so ungesellig wie manche uns glauben machen wollen. Der Stier bleibt nur zu Hause, wenn er sich anderswo nicht zu Hause fühlt. Hat er aber das Glück, in der Fremde vertraute Menschen vorzufinden, dann vermag er es, auch diese fremde Welt zu seiner Heimat zu machen.

Eine der Schwächen des robusten Stiers ist die Arbeit. Er ist ein leidenschaftlicher Arbeiter, ein träges Leben wäre für ihn vertan. Er ist fast glücklich, wenn man ihm mehr und noch mehr auflastet, denn er mißt seinen Wert daran. Hat er eine zeitlang weniger zu tun, wird er unruhig und bekommt Komplexe. Hat er versagt? Ob ihn der Chef nicht mehr mag? Und noch schlimmer ist es, wenn eine Arbeit auf ihn wartet und der Stier gehindert wird, sich in sie hineinzustürzen. Dann behandelt er jeden, der ihn aufhält, wie einen Dieb. Und wenn man ihn in einem Paradies aufhalten würde, er fühlte sich als Gefangener. Sagt man ihm: „Das können sie später tun", reagiert er vergrämt. Später hat er längst etwas anderes zu tun. Freizeit ist für ihn nur Erholung, wenn er seine Stärke austoben kann. Dann arbeitet er eben wie ein Besessener, um ein Objekt von allen Seiten möglichst perfekt zu photographieren. Steht die Sonne falsch, ist das eine persönliche Beleidigung. Er segelt gern und schwört auch dabei auf Perfektion, er muß mit dem Auto nicht rasen, aber Fahrfehler zu vermeiden, ist ihm Pflicht. Die Welt hat ein Recht darauf, daß man immer und überall sein Bestes gibt. Auch daß man

Frau Stiers weibliche Vorzüge sind nicht zu verleugnen

Kochen, sein großes Steckenpferd,
ist der Stolz des wahren Stiers

Ein Bad dieser Art
erfreut Frau Stier besonders

nichts verschwendet, am allerwenigsten seine Zeit. Dabei kann der Stier genießen wie selten einer. Er ist ein Schönheitssucher, aber nicht leicht zufrieden zu stellen. Ein Denkfehler in einem Buch, ein schlecht inszeniertes Theaterstück, eine falsche Besetzung in der Oper können ihn tief enttäuschen, er fühlt sich schuldig, seine Zeit verschwendet zu haben. Wird er mehrmals enttäuscht, dann kann er den Mut verlieren, es dann noch einmal zu versuchen. Daher das Gerücht, der Stier sei eigentlich eine Schnecke, die sich in ihr Haus verkriecht. Aber der Stier denkt gar nicht daran. Er will die Welt verbessern, und damit beginnt er dort, wo er etwas zu reden hat: bei sich zu Hause. Er will der chaotischen Zeit ein Bollwerk der Ordnung entgegensetzen, Revolutionen waren nie seine Sache. Das Durcheinander dabei wäre ihm schrecklich. Er ist eher dafür, Bestehendes als Basis zu verwenden und zu verbessern, als es zu zerstören. Wissen wir denn nicht, daß seit eh und je immer auch das Falsche zerstört wurde? Die Dinge, die man nachher so gut hätte brauchen können?

Der Stier weiß oft sehr viel, aber es liegt ihm nur selten, sich selbst zu loben. Meistens kämpft er nicht für seine Person, sondern für eine Sache, und dafür sein Leben lang. Er ist ein treuer Mensch, der weder einem Menschen noch einer Idee die Treue bricht, auch wenn dieselbe längst nicht mehr „in" ist. Er lebt in seinem festgefügten Gebäude aus zeitlosen Werten und Pflichten, er ist derjenige in einer Gemeinschaft, der die unbedankte Arbeit auf sich nimmt, wenn er es für nötig hält, aber er läßt sich dabei von niemandem dreinreden. Manche stört dieser Mangel an Flexibilität, Anpassung oder

Teamwork, aber sollte man den Stieren dafür nicht dankbar sein? Hätten sie sich nicht zu allen Zeiten geweigert, die Flut der immer neuen Meinungen in ihre Pläne einzubeziehen, die Welt bestünde heute nur noch aus Moden, die schnell veralten, aus vielen Wahrheiten und keiner Wahrheit.

Es kann auch geschehen, daß der Stier sich nach längerer gründlicher Prüfung zu einem Gedanken bekennt, den schon selbst jene vergessen haben, deren Köpfen er einmal entsprungen ist. Man kann natürlich sagen, daß der Stier oft hinter seiner Zeit einherhinkt, aber es zeigt sich doch immer wieder, daß er eigentlich seiner Zeit vorausgestürmt ist und für richtig hält, worauf sich andere erst in ferner Zukunft besinnen werden.

Aber alle diese guten Eigenschaften des Stiers können auch in einen unvorstellbaren Eigensinn ausarten. Dann wird der Stier störrisch wie ein Maulesel, und keine Macht der Erde kann ihn von der Stelle bewegen. Dann weigert er sich, zu glauben, daß ein mal eins eben eins ist, wenn es ihm beliebt, schwarz zu sehen, leugnet er die Existenz der Sonne, und er kann im kochenden Wasser frieren. Aber wer verrennt sich nicht hin und wieder? Nur so gründlich wie dem Stier gelingt es wenigen. Was natürlich auch seinen Grund hat: der Stier ist es gewohnt, zumeist recht zu behalten, sodaß er sich einfach nicht vorstellen kann, einmal geirrt zu haben.

Der Stier und das große Glück

Der Stier, dieser erdenhafte Mensch, ist der Natur verbunden. Die Farben, nach denen er sich sehnt, sind die des Frühlings: das Grün des jungen Grases, das seidige Blau des Himmels, ein helles Gelb, vielleicht noch ein Blaßrosa. Aber weit mehr als die Farben beeinflussen ihn Gerüche, üble können ihn krank, angenehme gesund machen. Er ist gut beraten, für einen reichlichen Vorrat an Duftfläschchen oder Räucherstäbchen zu sorgen. Zitrone und Orange helfen ihm, Müdigkeit zu überwinden, Rose und Jasmin stärken seinen Optimismus, und Sandelholz hält seine Phantasie wach. Am entspanntesten wirkt er beim Duft frischen Grases.
Sein Glücksstein ist der Saphir. Vielleicht spürt der erdgebundene Stier, der Praktiker in allen Lebenslagen, daß er einen Zugang zu metaphysischen Bereichen braucht, und der Saphir eignet sich hervorragend zur Meditation. Der Stier braucht Spaziergänge in Mondscheinnächten, er braucht Musik, aus Anton Bruckner schöpft er Kraft und Hoffnung. Richard Strauß setzt seinen Intellekt in Bewegung.
Zur Befriedigung seines Sicherheitsbedürfnisses bedarf der Stier der Rituale und Zeremonien. Seine Zahl ist die Sechs. Stiere, die ein Amulett suchen, greifen oft nach einem Sechseck. Seine Blumen schließlich sind Rosen und Lilien. Beide verströmen Duft, beide haben eine mystische Bedeutung: die erstere wirkt auf seine Sinne, die andere auf seine Seele. Der Stier wird, wenn er seine Natur ausleben

darf, sicher erfolgreich sein, es sei denn, daß ihn seine Angst vor Risiko hemmt. Sehr hüten sollte er sich, seine Sparsamkeit in Knausrigkeit und damit Kleinlichkeit ausarten zu lassen. Er ist groß und stark angelegt und darf nicht verkümmern. Auch hüte er sich vor lautstarken Auseinandersetzungen und spöttischen Sticheleien. Das sind rote Tücher für ihn, die ihm die Besinnung rauben können und ihn in gefährliche Erregungszustände versetzen. Ist so eine Situation aber unvermeidlich, dann hilft dem Gewohnheitstier Stier ein Gegenstand: eine Münze, ein Medaillon, oder auch ein Stein, den bei unangenehmen Gelegenheiten hervorzuholen er sich angewöhnen sollte. Dieser Gegenstand ist für ihn nun positiv besetzt und beeinflußt seine Stimmung. Der Stier kann, wenn er einmal verletzt ist, alles vergessen und braucht eine derartige Gedächtnisstütze. Besonders geeignet ist ein liebevoller Brief, den er in einem Lederbeutel oder auch prosaisch in der Brieftasche immer bei sich tragen sollte.

Da der Stier Veränderungen verabscheut, hilft ihm auch in entscheidenden Augenblicken, die seinem Leben eine neue Richtung geben können, eine Liste ähnlicher Ereignisse, die ihm einmal Glück gebracht haben. Solche Memento-Zettelchen können auf ihn eine geradezu magische Wirkung ausüben. Auch der Geschmack eines Getränks, das er zur Feier eines positiven Ereignisses getrunken hat, weckt die Erinnerung und damit die Zuversicht. Er sollte eingedenk dieser seiner Eigenarten all dies ritualisieren. Der Schluck Wein, der Kräuterlikör zu bestimmtem Anlaß aus einem bestimmten Becher getrunken, eine bestimmte Schallplatte, die

Was der Stier eigentlich möchte?
Genießen, nicht kämpfen!

Selbst in schlechtesten Zeiten
ist der Stier wie ein Fels in der Brandung

nur zu bestimmten Anläßen gespielt wird – das alles macht ihn sicher.
An sich ist der typische Stier geboren, um Erfolg zu haben, was ihn hindern könnte, ist sein Mangel an Flexibilität, seine Scheu, ausgetretene Pfade zu verlassen, und da helfen solche Praktiken am ehesten. Er ist der Typ, der sich mit Familienphotos umgeben, der immer wieder alte Briefe lesen sollte. Denn die ungewisse Zukunft ist ihm irgendwie unheimlich. Er kann sich ihr nur stellen, wenn die Vergangenheit ihm Vertrauen gibt. Der Stier braucht Gedenktage. Für ihn sind Erinnerungen der feste Boden unter den Füßen, das unzerstörbare Fundament, das er, der Erdverbundene, nicht vermissen möchte. Er kann nicht auf Wolken sitzen und von der Hoffnung leben wie andere, und nur der glükkliche Stier wird Erfolg haben.
Es heißt, daß der Stier länger Kind bleibt als andere Menschen, und eigentlich bewahrt er sich eine gewisse Naivität bis ins hohe Alter. Wenn jemand sein Herz gewonnen hat, dann vertraut er ihm blind. Sparsamkeit liegt ihm im Blut, dennoch sollte er etwas von seinem übertriebenen Sicherheitsdenken abbauen. Hat er einmal gelernt, daß er sich im Leben nicht gegen alles absichern kann, daß es zwar Inflationen, Bankzusammenbrüche, Katastrophen und Krankheiten gibt, daß man aber doch immer wieder von vorn beginnen kann, dann wird er gelassener durchs Leben gehen. Auch daß es manchmal besser ist, sich oder anderen mit einem größeren Betrag einen Wunsch zu erfüllen, als um des Sparens willen zu sparen, muß er einsehen – will er nicht eines Tages als hoffnungsloser Geizhals vereinsamen.

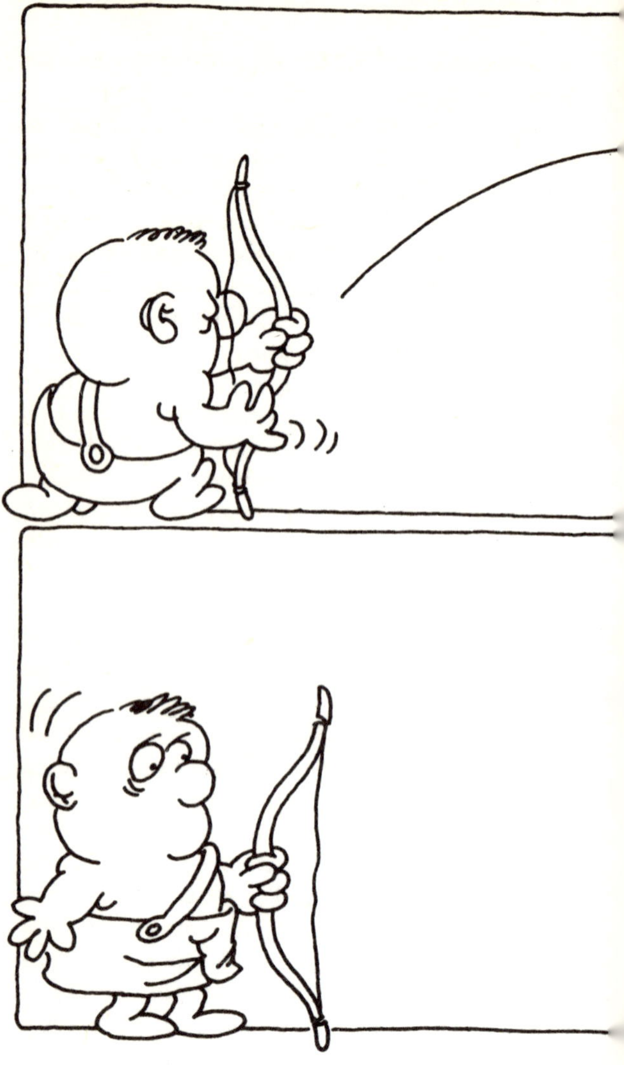

Will der Stier Ruhe haben,
kann ihn nichts aus der Ruhe bringen

Der Stier und seine Partner

Frau Stier und Herr Widder

Die Stier-Dame ist eine Musterfrau. Beruf oder Haushalt, alles läuft bei ihr wie am Schnürchen, und darum dürfte es auch nicht sehr wahrscheinlich sein, daß sie sich gerade einen Widder-Mann aussucht. Es sei denn wegen seiner Ehrlichkeit oder seiner Bereitschaft, den starken Mann hervorzukehren. Wenn es also aus diesem oder jenem Grund geschieht, daß Herr Widder und Frau Stier zusammenkommen, dann wird sie erst einmal feststellen, daß er viel leichtblütiger ist als sie. Die Risikofreude des Widders erschreckt die Stier-Dame zutiefst. Er glaubt, alle auftretenden Probleme lösen zu können, sie hingegen möchte vermeiden, daß es überhaupt zu Problemen kommt. Sie muß schon bereit sein, ein Gutteil ihres Sicherheitsdenkens und ihrer Beschaulichkeit zu opfern, wenn sie nicht seine Impulse ersticken – oder ihn selbst vertreiben will. Auch in ihrer Ordnungsliebe muß sie versuchen, das rechte Maß zu finden. Im Prinzip wird sie wohltätig auf ihn einwirken, ungebremst aber kann sie ihn lähmen. Und ein Widder, der sich nicht frei bewegen kann, ist ein bedauernswertes Wesen. Ihm fällt nichts mehr ein, er beginnt, im Beruf zu versagen und vegetiert freudlos dahin. Bei einigem Verständnis ihrerseits aber kann er ihr ein Leben bieten, das ihnen beiden durchaus behagt.

Frau Stier und Herr Stier

Es ist verblüffend, aber die vornehmlich auf Sicherheit und Ordnung bedachte Stier-Frau kann sich an ihrem ebenso gearteten Stier-Mann wundstoßen. Wenn sie sich eines Tages bei ihm nicht mehr wohl fühlt wie sonst, ohne zu wissen warum, dann darf man annehmen, daß es an der allzu großen Ähnlichkeit der beiden liegt. Der Mensch braucht eben eine Ergänzung, und so hofft auch die Stier-Frau in ihrem Innersten auf einen Mann, der sie vor der eigenen Gründlichkeit und Solidität rettet, und sie spürt, daß es ihrem Stier-Mann ebenso ergeht. Trifft er nun keine Anstalten, hin und wieder über den eigenen Schatten zu springen, dann liegt es an ihr, ihn zu einem gemeinsamen Ausbruchsversuch – welcher Art auch immer – zu bewegen, ehe die Langeweile alles mit einem grauen Schleier zudeckt. Hier muß Klugheit das angeborene Wesen ersetzen, aber in Krisenzeiten ist die Kombination Stier-Stier dennoch optimal. Da übersehen vier Augen keine Gefahr, da planen zwei Gehirne, und beide Partner sind ohne weiteres bereit, auf das Sparsamste in ihren eigenen vier Wänden zu leben, ohne sich zu beklagen. Die Ähnlichkeit der beiden kann allerdings auch ihre negativen Auswirkungen haben: wenn sich etwa die dem Stier so sehr eingeprägte Vorsicht potenziert und jede Aktivität dadurch gelähmt wird – oder wenn Aktivität und Leistungsbereitschaft beider zur Sucht wird und ihnen über ihrem Karrieredenken alle anderen Freuden des Lebens vergällt.

Frau Stier und Herr Zwilling

Wenn sich eine Stier-Dame für Herrn Zwilling entscheidet, dann muß wohl die große Liebe im Spiel sein. Denn das Leben mit ihm ist für sie eher voll Schrecken. Er kann nie bei einer Sache bleiben, übersieht alle Details, die ihr so wichtig sind, er will ständig das geliebte Heim verlassen, um an irgendeinen Ort der Welt zu gehen, der sie gar nicht interessiert. Liebt sie ihn aber, dann wird sie sich bemühen, nur die schlimmsten Auswüchse seiner Ideen zu stutzen, wird darauf achten, daß er das Konto nicht bis zum kritischsten Punkt überzieht, und manchmal wird es ihr ratsam erscheinen, heimlich zu sparen. Hält sie also alles einigermaßen im Lot, kann sie mit der Zeit an diesem gemeinsamen Leben Geschmack finden. Denn sie ist ja nicht unempfänglich für die Schönheiten dieser Welt, seine einander überschlagenden Ideen amüsieren sie, und sie ist klug genug, seinen Intellekt zu würdigen. Zudem darf sie stolz in dem Bewußtsein leben, daß dieser Luftikus ohne sie verloren wäre. Und tatsächlich kann es ihr gelingen, ihn für immer an sich zu fesseln, denn er wird mit der Zeit durchaus bereit sein, auch ihre Qualitäten voll zu würdigen.

Frau Stier und Herr Krebs

Der Krebs-Mann appelliert an die mütterlichen Gefühle der Stier-Dame, und es ist ihre heilige Mission, diesen verletzlichen Schöngeist vor der bösen Welt zu beschützen. Sie darf dabei nur nicht übersehen, daß er sich manchmal vor ihr mehr fürchten kann, als vor der bösen Welt. Sie ist so tüchtig, so gewissenhaft und so vital und scheint von zarten

Mit guten Freunden ist der Stier
immer gerne zusammen

Die Anhänglichkeit des Stiers ist tatsächlich rührend

Gefühlen, die seine Domäne sind, wenig zu halten. Darum muß sie ihm auch Tag für Tag das Gegenteil beweisen. Sie braucht dabei gar nicht zu heucheln, denn auch sie kennt den Hunger nach Zärtlichkeit und weiß, daß sie neben ihrem gefühlvollen Krebs-Mann niemals frieren müßte. Sie wird manchmal mehr Geduld mit seinen Schwächen haben, als er selbst. Er ist ein gütiger Mensch, und das beeindruckt sie tief. Das Leben mit einem Krebs gewinnt einen Glanz, der aus der Tiefe kommt und den häßlichen Alltag überstrahlt. Es ist eine lohnende Aufgabe, für ihn ein Heim zu schaffen, das zu einem Refugium der Schönheit werden kann. Nur ihrem Zorn darf sie in seiner Gegenwart niemals freien Lauf lassen, denn ein rasender Stier könnte ihn zu Tode erschrecken. Er würde die Erinnerung an dieses furchtbare Erlebnis nie überwinden und in ständiger Angst vor einer Wiederholung zittern.

Frau Stier und Herr Löwe

Sicher wird es die Stier-Dame erbittern, wenn sie entdeckt, daß dieser Herr Löwe in seiner Grandezza sie für ein wenig hausbacken hält. Sie hat ebenso viel Kraft wie er und sucht ihn, wenn er ihr gefällt, herauszufordern. Der Löwe ist nicht immer gerade darauf aus, was sie ein gemütliches Heim nennt. Er hat nichts gegen Ordnung – wenn andere sie für ihn schaffen –, aber er wünscht Glanz um sich und seine Persönlichkeit herum. Damit muß sich die Stier-Dame ihm zuliebe abfinden. Wenn er aus ihrem Wohnzimmer unbedingt einen Salon machen will, bitte! Nicht aber ist sie gewillt, in einen Harem einzutreten, und das muß sie ihm schon am Anfang einer längeren Partnerschaft klarmachen. Der Löwe ist großmütig und hat ein weites Herz, und sein Umgang mit Geld tut ihr manchmal weh. Aber da ihm die Finanzgebarung ohnehin wenig liegt, wird er sie bald ihr überlassen. Mag sein, daß er die Gewissenhaftigkeit seiner Stier-Frau nicht gebührend zu würdigen vermag, aber was er voll anerkennt, ist das Resultat. Und wenn es ihr gelingt, sich auch für seine Liebhabereien zu interessieren, wird sie ihm bald unentbehrlich sein. Denn ihr entgeht nichts von dem, was er vielleicht übersehen könnte. Mit ihr wird das Leben der beiden vollkommener und reicher.

Frau Stier und Herr Jungfrau

Die Stier-Dame fühlt sich an der Seite des Jungfrau-Mannes bald geborgen, wenigstens zu Beginn. Da besticht sie die Gewißheit, einmal keinem Leichtfuß, keinem Verschwender begegnet zu sein, und auch er zeigt sich von der korrekten Stier-Dame beeindruckt. Bald aber zeigen sich die ersten gravierenden Unterschiede. Für sie ist Geld ein Mittel, Sicherheit und Behaglichkeit zu schaffen, er hingegen ist meist durch und durch Materialist: der Kontostand eines Menschen drückt für ihn dessen Wert aus. Der Jungfrau-Mann vertraut seinem kühlen Intellekt, er beurteilt die Welt aus gewisser Distanz, und das ist nun nicht gerade die Art der Stier-Dame, die ein warmblütiges Wesen mit gesunder Sinnenfreude ist. Sie muß sich also ständig bemühen, ihren Jungfrau-Partner aufzutauen und aus der Reserve zu locken. Ließe sie ihm in allem seinen Willen, er würde samt Konto und unver-

In der Wahl neuer Freunde
ist der Stier recht zurückhaltend

bindlichen Beziehungen erfrieren. Denn er wählt die Menschen nach seinem reinen Zweckdenken aus. Nun ist auch Frau Stier sicher ein vernünftiges Wesen, das aber geht ihr zu weit. Und tatsächlich gelingt es ihr manchmal mit Vehemenz und fundierten Argumenten, ihrem Partner die Welt in wärmerem Licht zu zeigen.

Frau Stier und Herr Waage

Stier-Dame und Waage-Mann haben einander viel zu geben und kommen recht gut miteinander aus. Er schätzt Harmonie und verabscheut Extreme, dabei ist er auch vielseitig interessiert und kontaktfreudig. Sie tut also gut daran, sich von ihm leiten zu lassen – er wird ohnedies selten zu weit gehen. Und auch ihr tut es recht gut, etwas anderes zu sehen als ihre vier Wände, die liebe Familie und die anderen gewohnten Dinge. Sie gefährdet diese Partnerschaft eigentlich nur, wenn sie ihrer Stier-Natur einmal zu freien Lauf läßt und störrisch wird oder in blinder Wut loslegt. Denn das kann der Waage-Mann nun überhaupt nicht vertragen. Er haßt Streit und lautstarke Szenen. Aber die Stier-Frau wird an seiner Seite nur selten gereizt werden. Er weiß, daß er sich in allem und jedem auf sie verlassen kann, sie muß nur manchmal ihrem Herzen einen Stoß geben, um ihren Partner nicht mit festgefahrenen Gewohnheiten zu langweilen. Öffnet sie sich aber neuen Eindrücken, verfolgt sie aufmerksam das Weltgeschehen und versucht sie, Vorurteile abzubauen, dann steht einer glücklichen Partnerschaft nichts mehr im Wege.

Der Stier prüft genau,
bevor er sich bindet

Schon als Kind beweist der Stier,
was ein starker Wille alles vermag

Frau Stier und Herr Skorpion

Die Stier-Dame hat einige Eigenschaften, die den Herrn Skorpion anziehen. Einmal wird sie fast immer für seine Behaglichkeit sorgen, sie ist treu und beständig, und was sie tut, wird sie nur selten nachlässig tun. Sie hingegen ist von dem hellwachen Skorpion so fasziniert, daß sie ihre Scheu vor ihm leicht überwinden wird. Lebt sie aber einmal mit diesem gefährlichen Partner, der seine vielen Interessen und Leidenschaften in allen Farben schillern läßt, länger zusammen, dann wird sie bald nicht mehr wissen, wie sie eigentlich mit ihm dran ist. In einem Punkt freilich gibt es keinen Zweifel: sie hat sich einem Tyrannen ausgeliefert. Alle Freiheiten für ihn, und keine für sie. Da braucht die Stier-Frau alle Kraft, um sich zu behaupten. Sie sollte seinem Sarkasmus mit unerschütterlicher Ruhe und Geduld begegnen. Erst wenn er merkt, daß er sie weder reizen noch gar unterwerfen kann, wird er seine diktatorischen Gelüste aufgeben und vielleicht auch gelernt haben, auf die Stimme der Vernunft – also auf die ihre – zu hören. Er wird dadurch menschlich nur gewinnen und sie dennoch nicht weniger beeindrucken.

Frau Stier und Herr Schütze

Der Schütze-Mann ist eine harte Prüfung für die Stier-Dame. Er mag charmant und amüsant sein, vielseitig begabt und in allem interessiert – verläßlich ist er nicht. Allzu gern steht er überall im Mittelpunkt, er schwadroniert, er gibt mehr Geld aus als er ausgeben dürfte und tut alles dazu, um nur ja nicht seriös zu erscheinen. Für ihn scheint dies eine

Schande zu sein. Er bricht dabei so ziemlich alle Gesetze, die das Leben der Stier-Dame regeln. Hat sie sich aber dennoch für ihn entschieden, wird sie unermüdlich um ihn kämpfen. Natürlich muß sie dabei ganz gegen ihre Natur sein Spiel mitspielen, und oft genug mag sie dabei merken, daß ihr ein wenig Leichtigkeit und Sorglosigkeit guttut. Was sie aber nicht daran hindern darf, liebevoll mäßigend auf ihn einzuwirken. Natürlich werden nur seltene Exemplare der Schütze-Männer zu häuslichen Menschen werden. Wenn die Stier-Dame aber sein Heim so ausgestaltet, daß es ihn mit Stolz erfüllen kann, dann wird er doch noch so manche Stunde dort verbringen. Seine sportlichen Ambitionen zu teilen, fällt der Stier-Frau, die ja auch ihren Auslauf braucht, nicht weiter schwer, und letztlich kann sein Temperament sie für manche Mühe entschädigen. Es soll sogar Stier-Frauen gegeben haben, die glaubten, an der Seite eines Schützen seien ihnen Flügel gewachsen.

Frau Stier und Herr Steinbock

So unauffällig der Steinbock sein mag, wo immer er der Stier-Frau begegnet fällt er ihr auf. Kein Angeber, kein Windhund, endlich ein Gentleman alter Schule. Andere mögen sagen, er sei von Konventionen so sehr durchdrungen, daß er als eigenständige Person gar nicht existiere. Die Stier-Frau aber hält dies für eine Verleumdung. Sie freut sich, daß dieser Antiabenteurer ihr vertraut und ihre Qualitäten schätzt. Auch wenn sie mit der Zeit merkt, daß er Todesangst hat, etwas falsch zu machen, daß er sich darum ganz und gar allem, was sich bewährt und

Die Rolle des Paschas
ist dem Stier nicht unangenehm

Tradition hat, unterwirft, bringt sie Verständnis auf. Wogegen sie aber kämpft und kämpfen muß, das ist, daß er voller Vorurteile steckt, die er ohne weiter nachzudenken und ohne Überprüfung übernommen hat. Aber auch gegen sich selbst muß sie kämpfen. Herr Steinbock hat einen Horror vor allem, was er für vulgär hält, und für vulgär hält er es auch, wenn einer auf seinem Standpunkt heftig und fanatisch beharrt. Er hält es für weit vornehmer, seine Überzeugung mit überlegener Arroganz zu verteidigen. Merkwürdigerweise aber schwindet diese Arroganz, wenn er seiner Stier-Frau zu vertrauen beginnt und sich in dieser gefährlichen Welt nicht mehr allein fühlen muß.

Frau Stier und Herr Wassermann

Von allen charmanten Männern, die die Stier-Dame beeindrucken können, kommt der Wassermann am schnellsten zum Ziel. Er wittert in dem Stier-Wesen neben dem Ordnungsprinzip so etwas wie eine archaische Kraft, die den anderen offenbar verborgen bleibt. Sie wiederum spürt bald, daß sie seinem Instinkt vertrauen darf. Mag dieser Mann sprunghaft und launisch erscheinen, die Stier-Frau überwindet das Befremden über solche Charakterschwächen und läßt sich auch weiterhin von seinem Charme bezaubern. Zumindest sollte sie es so halten, denn einen Wassermann muß man nehmen, wie er ist. Er gehört zu den Menschen, die man nicht ändern kann, mag er der Stier-Dame nun zu gesellig sein, mag er leichtnehmen, was schwer auf ihr lastet. Er ist deshalb noch lange nicht oberflächlich und wird die Bedürfnisse seiner Stier-Partnerin befriedigen, soweit es in seiner Macht steht. Aber wehe ihr, wenn sie sich gehen läßt und ihn mit Eifersucht plagt. Wehe ihr, wenn sie in blinder Wut gegen ihn anrennt, wenn sie das Gefühl in ihm aufkeimen läßt, daß diese Beziehung sinnlos gewesen ist. Dann wird er nicht zögern, Schluß zu machen, und da hält ihn weder Rücksicht noch Mitleid noch Gewohnheit zurück.

Frau Stier und Herr Fisch

Herr Fisch, dieser heillose Romantiker verwirrt die Frau Stier. Kaum hat sie ihn in ihren Bann gezogen, scheint er ihr schon zu gleichen. Was sie sagt, findet er vernünftig, was sie tut, hält er für richtig. Er will wie sie ein Haus im Grünen, er bejaht Sparsamkeit und empört sich mit ihr über oberflächliche Schnelldenker. Begegnet sie ihm aber etwa an der Seite seiner Mutter oder seines besten Freundes, dann scheint er wie ausgewechselt. Plötzlich bewundert er den Luxusschlitten des letzteren, den er im Verein mit ihr für unnötigen Blödsinn gehalten hat, und wenn er seiner Mutter bei etwas beipflichtet, dann kann das ohne weiteres das Gegenteil von dem sein, was er bei der Stier-Frau für richtig fand. Ist er so höflich wird sie sich fragen? Oder charakterlos? Nein. Er ist auf dieser Erde ein fremdes Wesen, seine Welt ist eine der Schönheit und der Romantik. Er fühlt sich in der Kunst zu Hause, und kann sich in Bilder und Musik versenken. In allen Angelegenheiten der Erdenwelt hält er jeden anderen für kompetenter als sich selbst; und darum paßt er sich an. Die gutmütige Stier-Frau wird es vermeiden, ihn diesbezüglich zu verletzen, aber sie ist doch oft in Gefahr es zu tun. Sie braucht nur gegen ein Buch Sturm zu laufen, das den Fisch beglückt hat, oder eine Abendstimmung nicht so zu goutieren wie er. Der Fisch wird sich nicht beklagen, er wird nur stumm leiden, und wenn die Stier-Frau weiter auf seinen Gefühlen herumtrampelt, wird dies sicher nicht gut enden. Einen Fisch lieben heißt, Verantwortung auf sich nehmen.

Herr Stier und Frau Widder

Was Stier und Widder verbindet, ist der Hang zu Ehrlichkeit. Aber wenn eine Widder-Dame einmal das Herz eines Stieres gewonnen hat, dann muß er sich schon darauf einstellen, daß sie ab nun ohne Rücksicht auf Takt oder Höflichkeit ihre Meinung äußern wird, während er sich nur dann ausspricht, wenn er damit anderen helfen kann. Eine Eigenart der Widder-Frau, die ihm arg zu schaffen machen wird. Ihre rasche Auffassungsgabe beeindruckt ihn tief, und da er sich selbst manchmal etwas schwerfällig vorkommt, muß er darauf achten, sich nicht als Unterlegener zu fühlen. Andererseits wird er kaum Verständnis für ihre Art aufbringen, von einem Augenblick zum anderen Freundschaften zu schließen und Leute, die sie kaum kennt, zu ihrem Orakel zu machen. Er kann sie oft genug vor Enttäuschungen bewahren, wenn er erst lernt, ihre rasch entflammte Begeisterung zu dämpfen. Daß sie zur Eifersucht neigt, wird ihm, dem Beständigen, Getreuen, kaum auffallen, da er ihr ja nur selten Grund dazu gibt. Ihren Hang zur Leichtfertigkeit kann er aber nur ertragen, wenn er sie sehr liebt und an andere Qualitäten unter der Oberfläche glauben darf.

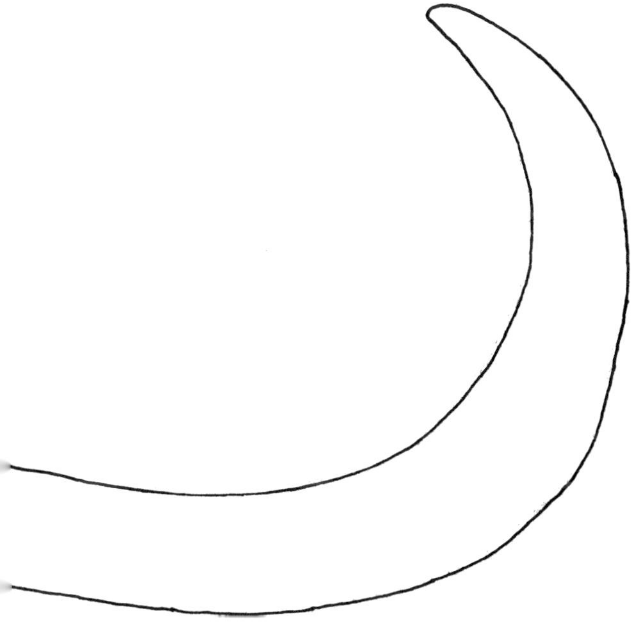

Wo der Stier zupackt,
wächst kein Gras mehr

Herr Stier und Frau Stier

Herr Stier glaubt sich am Ziel aller Träume: eine häusliche Frau, die gleich ihm nie zu viel Geld ausgeben wird und an deren Seite er vor allen gefährlichen oder leichtfertigen Abenteuern verschont bleibt. Hinter der scheinbaren Harmonie aber lauert eine Gefahr: wird er in seinen Tugenden allzu oft von ihr bestätigt, dann wird er leicht engstirnig und starrsinnig, und ähnlich ergeht es dem Hausmütterchen an seiner Seite. Und mit diesem Zustand ist der Stier erst recht nicht zufrieden. Er wird, ohne es zu wissen, reizbar, und kann dazu neigen, auch überheblich zu werden. Darum muß er in dieser Beziehung wachsam sein. Er muß, selbst wenn es ihm schwerfällt, hin und wieder so tun, als wäre er gar kein Stier: er muß zum Beispiel seine Stier-Frau einmal in die Fremde entführen, muß einmal sein Sicherheitsdenken in den Hintergrund rükken, einmal ein bißchen leichtsinnig sein, um ein bißchen Farbe in den Alltag zu bringen. Allzu viel riskieren wird er ohnedies nicht. Er muß dafür sorgen, daß man auch ein paar neue Menschen trifft, denn seiner Stier-Dame fällt dies alles zumeist noch schwerer als ihm. Sollte es einmal Meinungsverschiedenheiten geben, dann muß er sich beherrschen, und das gleiche gilt auch für sie. Denn zwei wütende Stiere sind entschieden zuviel.

Herr Stier und Frau Zwilling

Es kann geschehen, daß Gegensätze einander anziehen, und ein Stier einem Flattergeist Zwilling nachjagt. Es ist freilich nicht sehr leicht, Frau Zwilling zu einer festen Bindung zu bewegen – je jünger sie ist

Einen gewissen Komfort um seiner selbst willen schätzt der Stier sehr

NOTIZ
BUCH

Verletzungen registriert der Stier –
und ist sehr nachtragend

desto leichter ist sie noch dazu bereit, desto leichter wird sie allerdings auch enttäuscht. Der sicherste Weg zu ihrem Herzen ist, ihre Neugier für den Stier zu wecken. Ist die Beziehung der beiden einmal mehr geworden, dann gilt es, die leichtfertige Dame für die Notwendigkeiten des Alltags zu interessieren. Was die Finanzen angeht, hilft ein einfacher Trick: man bringe ihr die Anfangsgründe der verschiedensten Anlagemöglichkeiten bei, und sie wird diesem Spiel verfallen, wie andere dem Roulette. Geld an sich bedeutet ihr wenig, aber welche Möglichkeiten, hier ihren Intellekt einzusetzen!
Bei diesen Experimenten kann es allerdings passieren, daß Herr Stier manchmal trockenes Brot essen muß, und er hat Glück, wenn sie nur das Haushaltsgeld auf die Bank getragen hat. Auch in anderen Belangen muß der Stier manchmal nachgeben: ohne jede Reise in die Ferne würde sie verkümmern. Es ist aber ratsam, das Abenteuer insgeheim wenigstens in großen Zügen zu planen, sonst findet sich Herr Stier, der nur zu den Loire-Schlössern wollte, plötzlich in Zentralafrika oder in den Anden wieder. Gelingt es ihm aber, Auswüchse zu verhindern, so ist ihm ein amüsantes Leben gewiß.

Herr Stier und Frau Krebs

Bei Herrn Stier wird die empfindsame Krebs-Dame sicher die Ruhe finden, die sie braucht. Er wird sie nie gewaltsam in die rauhe Luft der großen, weiten Welt hinausstoßen. Er schafft ihr ein schönes Heim, bietet ihr ein möglichst sorgenloses Dasein und ein treues Herz. Nur eine Gefahr muß er vermeiden: daß er in seiner robust vorwärtsstürmenden Art darauf vergißt, wie sensibel und verletzlich sie ist.

Sie braucht Zärtlichkeit und Anerkennung. Herr Stier will sicher niemanden verletzen: aber er wird ihr, wenn er nicht höllisch aufpaßt, doch einiges schuldig bleiben. Es ist nicht Egoismus, wenn sie Beachtung braucht; wenn ihre schüchternen Hoffnungen unbedacht niedergetrampelt werden, zieht sie sich immer weiter in sich selbst zurück, bis sie schließlich unerreichbar ist. Glücklich wird sie erst, wenn sie merkt, daß ihr Stier ebenso Zuneigung braucht wie sie, und sie ist bereit, ausschließlich für ihn dazusein. Wenn sie ihre Gefühle äußert, dann eher schüchtern und zart, was nicht heißen soll, daß sie nicht tief und leidenschaftlich fühlen kann. Und wenn Herr Stier das bedenkt, findet er eine einfühlsame Partnerin, die ihm das gibt, was er am meisten braucht: eine private Insel der Schönheit, des Friedens und der Geborgenheit.

Herr Stier und Frau Löwe

Mit Sicherheit wird die geschmeidige Löwe-Dame den gradlinigen Stier manchmal etwas plump finden. Wo er einen schlichten, schweren Eichentisch hinstellt, möchte sie ein prunkvolles, reich mit Gold oder Zierrat versehenes Stück vor sich sehen, und hier nachzugeben, dürfte dem Stier nicht allzu schwer fallen. Sein ausgeprägter Schönheitssinn kann ja auch daran Gefallen finden. Schon härter treffen ihn die Kosten. Wenn aber die Löwin ständig mit großem Gefolge durchs Leben zieht, sich einen Hofstaat ergebener Anbeter hält oder, noch schlimmer, etwa dem Talmiglanz eines Hochstaplers zu erliegen droht, dann muß der Stier seine Hörner zeigen. Seine Kraft und seine Geduld werden ihm mit der Zeit den ersehnten Erfolg bringen. Er muß der Löwin, die ihn anfangs vielleicht unter ihre gefährlich-weichen Tatzen bringen möchte, beweisen, daß er beileibe kein zahmes Haustier ist. Sie muß respektieren können, wo sie liebt. Respekt nötigt ihr auch ab, wenn sie sieht, daß er imstande ist, sie mit seinem Realismus vor den Folgen ihrer Leichtfertigkeit zu bewahren. Er muß genau den Mittelweg finden, auch wenn das eine gefährliche Gratwanderung ist. Aber da der Stier einen stark ausgeprägten Sinn für das Besondere hat, wird ihn der Stolz auf seine königliche Frau belohnen.

Herr Stier und Frau Jungfrau

Schnell fällt der Blick der Jungfrau-Dame, die so gut rechnen kann, auf Herrn Stier. In ihn kann man Gefühle investieren, mit ihm kann man eine Zukunft nach ihrem Geschmack aufbauen. Es gelingt auch zumeist. Allerdings sollte der Stier auf der Hut sein: wie er hat auch die Jungfrau-Dame Sehnsucht nach einem Haus – nur soll dieses eine Nummer größer sein. Er steht den Menschen prinzipiell wohlwollend gegenüber – sie ist eher skeptisch. Menschen, die sie an sich heranläßt, müssen schon etwas zu bieten haben, sei es als Bankfachmann oder Animateur, als Steuerberater oder Aushängeschild. Sie versammelt Menschen um sich, die er oft nicht ausstehen kann, aber er muß sich fügen. Schließlich wendet er, der Gründliche, viel Zeit an Arbeit und Beruf, so daß es nur recht und billig ist, auch seiner Partnerin ein eigenständiges Leben zuzugestehen. Sie wird Haushalt und Familie in Ordnung halten, sie wird repräsentieren, wo es nötig ist, aber sie wird selbst über ihren vertrauenswürdigen Stier mit Argusaugen wachen. Frauen,

Der Stier hat sich auf Bequemlichkeit in allen Lebenslagen spezialisiert

mit denen er beruflich zu tun hat, erwecken ihr Mißtrauen. Wenn der Stier aber Humor aufbringt, dann ist die Jungfrau-Dame eine solide Partnerin, die auch seiner Karriere nützlich sein kann.

Herr Stier und Frau Waage

Wenn er Glück hat, dann findet Herr Stier bei einer Waage-Dame alles, was ihm selber fehlt: vielseitige Interessen, Unternehmungsgeist, kurz Anregungen aller Art. Und da sie alle Extreme meidet, ist diese Verbindung weitaus problemloser als etwa die mit der luftigen Frau Zwilling, der leichtfertigen Schütze- oder der lebhaften Widder-Frau. Andererseits fehlt hier das gewisse Prickeln, das diese anderen Geschöpfe in den geordneten Stier-Alltag bringen – was der Stier aber bewußt kaum vermissen wird. Aber in einer langjährigen Partnerschaft, wenn die Waage-Frau allmählich noch ruhiger wird, kann dieses ideale Verhalten zu Routine und Gewohnheit erstarren. Deshalb sei dem Stier geraten, von Anfang an die Aufgeschlossenheit der Waage-Dame nicht nur zu tolerieren sondern auch kräftig zu fördern. Sie ist sozusagen sein Verbindungsmann zur Außenwelt, ohne die letztlich auch der häuslichste Stier nicht auskommt. Außerdem könnte es geschehen, daß die Waage-Frau mit diesem Zustand selbst unzufrieden wird und sich ihrem träge gewordenen Stier zu entziehen beginnt. Kluge Menschen aber können diesen Gefahren leicht begegnen, und dann ist eine gleichermaßen fröhliche und friedliche Verbindung garantiert.

Herr Stier und Frau Skorpion

Der Stier weiß leidenschaftliche Frauen zu schätzen, ein beweglicher Intellekt beeindruckt ihn tief. Aber die Skorpion-Dame ist ihm gegenüber leicht etwas unfair: sie will ihn tyrannisieren und nimmt für sich selbst jede Freiheit in Anspruch. Rasch hat sie seine Gutmütigkeit erkannt und beginnt hartnäckig diese seine Tugend zur Schwäche und sich zunutze zu machen. Da muß der Stier ihr rechtzeitig klar machen, daß er einen ausgeprägten Gerechtigkeitssinn hat, der sich nicht umgehen läßt, nicht einmal von ihr. Sie mag in allen Farben schillern, er strahlt vor Kraft, und hat die Skorpion-Dame das erst einmal eingesehen und liebt sie ihn obendrein, dann wird sie sich damit abfinden, bestenfalls einen Kompromiß zu erreichen. Er wiederum tut gut daran, sie nicht zu überfordern. Ihre vielen Interessen haben sich bereits geprägt, bevor er sie kennenlernte. Sie weiß schon zuviel, sie hat schon zuviel erlebt, um ein biederes Heimchen am Herd zu werden, und er muß ihre Meinung tolerieren, auch wenn sie von der seinen abweicht. Gerade aus diesem Gegensatz aber können sich äußerst fruchtbare Dialoge entwickeln. Die Skorpion-Dame wird ihren Stier immer wieder anstacheln, seinen ausgetretenen Trampelpfad zu verlassen und sich auf Neuland zu wagen. Manchmal verletzt sie ihn dabei, und er merkt es, daß sie das möchte. Gegen seine Wut weiß sie sich zu helfen, seine Geduld aber macht sie oft wehrlos.

Eilig hat es der Stier
nur in besonderen Fällen

WC

Herr Stier und Frau Schütze

Bei der Schütze-Dame bleibt dem Stier wohl nichts anderes übrig, als zum Pädagogen zu werden. Er kann sie mit seiner Bewunderung leicht für sich einnehmen, zumal, wenn er unter ihrem Einfluß seine Sparsamkeit zügelt und sich in geselligen Trubel lokken läßt. Aber er wird oft nur zu bald erkennen, daß er ihrer Eigenpropaganda erlegen ist. Sie neigt ein bißchen zu Übertreibungen, nicht weil sie mit ihrer Selbstdarstellung ihre Umwelt täuschen möchte, sondern weil sie sich so sieht und ihr Temperament sie mit sich reißt. Das Bankkonto muß der Stier mit liebevoller Hartnäckigkeit gegen ihre vielen Angriffe verteidigen, aber nicht nur sein Geld, auch seine Zeit ist in Gefahr. Fängt er es aber geschickt an, dann wird sie ihm sogar für die Stabilität Laune mitreißen können und ihn davor bewahren, daß seine Beharrlichkeit in Starrsinn ausartet.

Herr Stier und Frau Steinbock

Die kühle, konventionelle Eleganz der Steinbock-Dame kommt der Vorliebe des Stiers für alles Gediegene, Solide sehr entgegen, und auch sie schätzt ihn als Fels in der Brandung, als Vertreter der Ordnung im allgemeinen Chaos. Auch seine Sorgsamkeit im finanziellen Bereich wird sie schätzen. Es gibt aber auch in dieser Verbindung das große „Aber". Frau Steinbock ist sich nämlich ihrer Sache nie so sicher wie sie tut, darum braucht sie ja die Konvention: wenn man tut, was die Mehrheit tut, dann wird es wohl das Richtige sein. Ganz anders ist der Stier. Auch er ist beileibe kein Bürgerschreck, nur bildet er sich seine Meinung auf Grund gewissenhaften Nachdenkens selbst. Und da kann es schon vorkommen, daß er sich einmal gegen die Mehrheit stellt. Dann beginnt Frau Steinbock zu leiden, denn er stellt sich zwischen sie und alles, was ihr lieb und teuer und gewohnt ist. Ein anderer würde ihr zuliebe vielleicht nachgeben, nicht so der Stier. Also muß er in einem solchen Fall darangehen und sie in mühevoller Kleinarbeit unter Aufbietung von viel Logik und klaren Argumenten zu überzeugen suchen und an seine Seite ziehen. Gegen etwas muß er sich wehren: gegen ihren bedingungslosen Besitzanspruch. Dafür wiederum kann ihn ihr überlegenes Wesen davor retten, sich eigensinnig in irgendwelche Details zu verrennen und sie wird fast noch schärfer als er selbst darüber wachen, daß sein Leben in geordneten Bahnen verläuft.

Herr Stier und Frau Wassermann

Die Wassermann-Dame zieht den Stier geradezu magisch an. Eine so muntere Gefährtin, die ihn ohne jeden Respekt bei den Hörnern packt, um mit ihm zu spielen, aber nicht kindlich verspielt ist, sondern Tiefgang ahnen läßt, entzückt ihn. Ihn reizt das Geheimnis, das hinter ihrem nahezu unfehlbaren Instinkt stecken muß. Auch andere Frauen haben viele Interessen, aber die Wassermann-Frau läßt sie nicht zerflattern. Nur eines irritiert den Stier: ihre seiner Meinung nach völlig unberechenbaren Launen. Aber diese Launen sind zumeist das Resultat ihres schnellen Denkens, und da darf sich der gründliche aber langsame Stier keine Blöße geben. Er muß manchmal so tun, als wäre er gegen ihren Charme immun, er muß sie dazu bringen, die Dis-

Auch den gewichtigsten Argumenten
hält der Wille des Stiers stand

kussionen auf seine bedächtige Art zu führen – und die Wassermann-Frau ist ja klug genug, seine Gewissenhaftigkeit zu schätzen. Sie wird ihm dabei helfen, sie besser kennenzulernen, und sein Leben wird dadurch bunter und reicher werden, indes sie von seiner Lebensklugheit profitiert.

Herr Stier und Frau Fisch

Die anpassungsfähige Fisch-Dame wird sich dem Stier mit wahrer Begeisterung anpassen. So stark, sicher und beharrlich wie er wäre sie ja nur allzu gern, und das freut den Stier. Meist aber nur bis zu dem Augenblick, in dem er merkt, daß sie nicht seine Ansichten teilt, sondern nur vor ihr Gesicht hält, gleich einer Maske. Daß sie ihm sozusagen mit seiner Stimme antwortet wie ein Echo. Es schmerzt ihn, daß sie neben einem anderen Mann eine ganz andere wäre, und so fremd und befremdlich ihm das erscheint, das ist der Augenblick, in dem er die Fische-Dame keineswegs mit der ihm eigenen Vehemenz verstoßen darf. Hier muß seine Treue und seine Beharrlichkeit zum Ausdruck kommen, hier muß er die Frage stellen: wie bist du eigentlich? Dann wird sich ihm ein sensibles, romantisches Wesen zu erkennen geben, das in einer Welt der Träume lebt und Schönheit braucht, um atmen zu können. Teilt der Stier ihre Kunstbegeisterung, ermuntert er sie, über ihre Eindrücke und Gefühle zu sprechen – unabhängig davon, was andere, was er selbst fühlen mag – dann kommt er sich bald vor, als wäre er in einem phantastischen Korallengarten. Sein eigener eher trockener Realismus wird gemildert, er lernt es, nicht nur seine Dame sondern auch andere Menschen zu nehmen, wie sie sind.

Der Stier und sein Wohlergehen

Der Stier neigt dazu, sich ständig zu überfordern. Hat er sich einmal in eine Arbeit verbissen, dann macht er die Nacht zum Tag. Läßt man ihn, dann arbeitet er bis zum physischen Zusammenbruch. Da können, wie schon oben gesagt, Farben und Düfte sich segensreich erweisen, sie lenken ab und lösen Verkrampfungen. Aber das wirkt nur bis zu einem gewissen Grad. Es ist eigenartig, wie leichtfertig der Stier seine Gesundheit ruiniert, da er doch in ewiger Angst vor Krankheiten lebt. Krankheiten brechen wie Räuber in sein geordnetes Leben ein, schaffen Chaos und stehlen ihm seine Zeit.

Jene Mediziner, die sich in ihrer Arbeit auf die Astrologie beziehen, raten dem Stier zum Tragen kupferner Armbänder. Da es heißt, daß der Mond ihn stärker beeinflußt als andere Menschen, daß Kupfer, das dem Mond zugeordnete Metall, vielen seiner Leiden vorbeugen kann. Aber die Überanstrengung, die er seinem Körper zumutet, schwächt seine Organe, er neigt zu Katarrhen, seine Lebensweise gefährdet den Kreislauf, die Hypochondrie macht ihn anfällig für allerlei psychosomatische Erkrankungen.

In seine Apotheke gehörten Kräuter, die sich, etwa wie Eukalyptus, für Inhalationen eignen; Verspannungen können zu heftigen Kopfschmerzen führen, hier hilft der duftende Eisenkrauttee. Auch der

In körperlichem und seelischem Leid ist der Stier maßlos

Umgang mit Tieren ist für den Stier Pflicht, auch sie helfen ihm, sich abzulenken und zu entspannen. Zu seiner Nahrung gehören grüner Salat, auch Löwenzahn und Brennessel, er soll Milch mit Honig trinken, und lebenswichtig ist es für den seßhaften Stier, in bestimmten Abständen seinen Arbeitsplatz zu verlassen und eine Reise zu machen. Er braucht neue Eindrücke, um nicht zu erstarren und Ablenkung, um nicht eines Tages als Sklave seiner Arbeit zusammenzubrechen. Um ihn ruhig zu stellen, muß man ihn zum Beobachter machen. Er kann sich nicht einfach ausruhen und seine Glieder im Sand räkeln, aber er kann stundenlang den Fischern zusehen, wie sie ihre Boote entladen und ihre Netze flikken, er kann sein Fernglas auf ein Tier, eine Menschengruppe, einen Windsurfer oder sonst ein interessantes Objekt richten. Auf diese Weise kann er untätig sein, ohne sich schuldig zu fühlen. Seine „Seelenlandschaft" sind Wiesen mit weidenden Tieren, Bäche mit großen Steinen und alte Bäume. Auf andere Art beeindruckt ihn alles, was im Reiseführer mehrere Sterne trägt, mit einem Wort, alles Erstklassige. Hier wirkt sich wieder sein Respekt vor Ruhm und Berühmtheit aus.

Besonders günstig sollen auch Heilmagnete, Akupunktur oder Akupressur auf ihn wirken, allerdings nur, wenn er diesen Methoden nicht von vorherein mißtraut. Aber da der Stier im allgemeinen ein Naturwesen ist, läßt er sich leicht zu einem Versuch überreden. Auch zur Technik hat der Stier eine durchaus gesunde Beziehung. Darum zieht er oft einen Massageapparat einer Bürstenmassage vor, darum wird er Sportgeräte gern benützen und auch nach Luftreinigern und Ionisatoren greifen.

Ist der Stier krank, und sei es auch nur ganz leicht, dann muß er behandelt werden. Daß man sich mit seiner Person beschäftigt, daß er selber etwas tun kann, mildert seinen Hang zur Hypochondrie. Er ist der Lieblingspatient aller Heilgymnastiker, der eifrigste Rekonvaleszent unter allen Tierkreiszeichen. Methoden wie autogenes Training hingegen scheinen ihm oft zu wenig konkret, und dann beeinträchtigt eine innere Sperre den Erfolg.

Der Stier bevorzugt ein gemäßigtes Klima und leidet vielfach unter extremer Hitze – vermutlich auch deshalb, da sie ihn in seinem Tätigkeitsdrang hindert. Höhlen und niedere Räume geben ihm das Gefühl der Geborgenheit, das er braucht, um physische und psychische Leiden zu überwinden. Spontanheilungen sind beim Stier selten, da er fest überzeugt ist, daß nur Geduld Erfolg bringt.

Der der Gewohnheit Verhaftete neigt im allgemeinen auch mehr zu Phantomschmerzen als andere, tote und längst gezogene Zähne können ihm also noch lange wirklich wehtun.

Es hilft dem kranken Stier, sich selbst zu beobachten und dem Arzt die Ergebnisse getreulich zu berichten. Sein Pflichtgefühl zwingt ihn, bei der Behandlung auch auf diese Weise mitzuwirken. Er möge dabei nur berücksichtigen, daß die heutigen Ärzte zumeist unter Zeitdruck stehen, und je knapper er berichtet, desto lieber werden sie ihm zuhören. Geraten seine Schilderungen zu lange, dann ist es nicht Unfreundlichkeit, wenn der Arzt bei der Visite immer kürzer an seinem Bett verweilt. Findet er aber die richtigen Worte, wird er zum Musterpatienten, der wertvolle Hinweise liefert.

Was der Stier alles kann

Dem Stier steht nahezu jeder Beruf offen. Es ist ein Aberglaube, ihn nur als Gärtner, Gartenarchitekt oder Förster sehen zu wollen, nur weil man an den Begriff „Erdzeichen“ fixiert ist. Gerade der gradlinige Stier ist vielseitig verwendbar, einseitig wird er erst, wenn er sich einmal ein Ziel gesetzt hat. Dann freilich konzentriert er sich ausschließlich darauf, und das ist die Haupttugend des Stiers: was immer er tut, er wird es gründlich tun. Er erlaubt sich keine Nachlässigkeit, und jeder Fehler, den er nicht rechtzeitig entdeckt hat, ist für ihn ein Alptraum. Er ist beharrlich und wird nie aufgeben, mögen sich auch die größten Schwierigkeiten auftürmen. Er ist also ebenso zum großen Forscher geschaffen wie zum kleinen Laboranten, zum Computerfachmann wie zum Verwaltungsbeamten. Er kann Baumeister werden oder in einem Sekretariat arbeiten. Er ist ein guter Fernfahrer, ideal in der Krankenpflege oder im Lehrberuf. Als Sportler ist er ausdauernd, und ein Schiff, das er gebaut hat, wird nie untergehen. Man könnte diese Liste beliebig fortsetzen – vielleicht mit der Einschränkung, daß es dem Stier nur selten gegeben ist, Menschen zu etwas zu überreden, und sich zu verstellen ist auch nicht seine Sache. Auch ist er, in welchem Beruf immer, gern seßhaft.

Ist der Chef ein Stier, dann müssen seine Angestell-

Zeigen sich Probleme,
geht ihnen der Stier gründlich nach

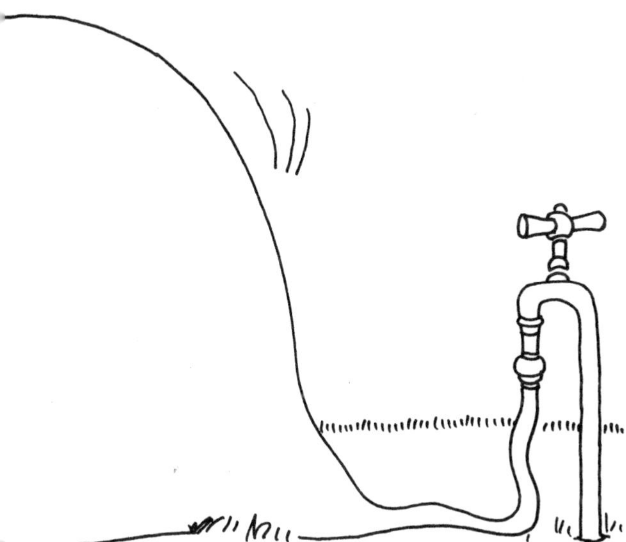

ten zu Diplomaten werden. Sie haben es an sich nicht schlecht getroffen, und ihre Firma wird vermutlich nie in Konkurs gehen, dazu ist der Chef schon zu vorsichtig. Er ist auch ein Mann, der immer weiß, wovon er spricht, und dessen Kompetenzen außer Frage stehen. Aber der Stier-Chef hat auch seine Schattenseiten. So neigt er beispielsweise dazu, seine Angestellten zu überfordern. Irgendwie fehlt ihm die Phantasie, sich vorzustellen, daß andere Menschen sich der Arbeit nicht so verpflichtet fühlen wie er. Auch gilt er oft als hoffnungslos altmodisch. Wenn die Konkurrenz schon längst mit modernsten Computern arbeitet, wird er sich immer noch dagegen wehren. Einmal, weil er die Investitionen scheut, zum andern, weil er an dem Nutzen einer solchen Umstellung zweifelt. Diese Einstellung bewahrt ihn wieder davor, sich zu übernehmen. Wenn andere etwa die in der ersten Begeisterung mit vielen Kosten eingerichteten Großraumbüros mit noch größeren Kosten wieder menschengerecht umbauen müssen, hat das der Stier-Chef kaum nötig. Andererseits gerät er durch seinen Hang zum Gewohnten der Konkurrenz gegenüber manchmal ins Hintertreffen. Sollte ein Angestellter, der eine solche Entwicklung beobachtet, mit seinem Stier-Chef in aller Ruhe sprechen wollen, dann darf sich dieser guten Argumenten nicht verschließen – es sein denn, daß er sich zu etwas gedrängt fühlt, das ihm allzusehr widerstrebt.

Der Stier-Chef muß sich zu Geschäftsreisen förmlich zwingen, denn sonst gerät er wegen seiner Seßhaftigkeit der beweglicheren Konkurrenz gegenüber hoffnungslos ins Out. Alles läßt sich eben nicht schriftlich oder per Telefon erledigen. Eine andere

Gefahr für den Stier-Chef sind mündliche Absprachen. Da er selbst jeden Punkt gewissenhaft erfüllen möchte, erwartet er von seinem Geschäftspartner vertrauensvoll das gleiche. Er sollte also auf schriftliche Verträge bestehen. Auch muß er lernen, bei unwichtigen Dingen nicht auf jeden I-Punkt zu beharren und damit seine Kraft zu vergeuden. Er muß flexibler werden.

Der Stier als Angestellter stellt seinen Chef nur selten vor Probleme. Zumindest was seine Arbeit betrifft. Denn er wird einen geradezu altmodischen Fleiß an den Tag legen und mehr an seine Aufgabe denken als an den Lohnzettel. Er wird um der guten Sache willen sogar die Arbeit anderer, leichtfertiger Kollegen korrigieren und zu Ende bringen. Komplikationen können nur auftreten, wenn es zu Meinungsverschiedenheiten kommt, denn da kennt der Stier nur selten Konzilianz. Er hat sich seine Meinung in einem langen, mühevollen Prozeß gebildet, hat Informationen gesammelt und studiert, er hat jedes Für und Wider überlegt und wird nun bis zur Erschöpfung dafür kämpfen. Ähnlich verhält er sich bei von oben verordneten Neuerungen. Was der Stier nicht selbst überprüft hat, dagegen sperrt er sich mit einer Hartnäckigkeit, die schon an Borniertheit grenzt. Der Chef aber, der seinen Stier-Angestellten schätzt und behalten möchte, sollte ihm die Chance geben, selbst auf die Vorteile einer neuen Methode zu kommen und sie ihm nie aufzwingen. Auch sollte er ihn, wenn irgend möglich, nicht an einen fremden, ungewohnten Ort versetzen. Die Leistung des Stiers würde nachlassen. Und dabei verlangt gerade unsere Zeit ein Ja zu Innovationen und eine große Bereitschaft zu persönlicher Mobili-

CHEF

Als Chef bedient sich der Stier gerne
der Argumente aus der guten alten Zeit

tät. Der Stier-Angestellte, bei dem jeder Ortswechsel Ängste auslöst, hat es da weit schwerer als andere. Sein praktischer Verstand wird ihm sagen müssen, daß er auch in neuer Umgebung der „Alte“ bleibt und daß er auch eine fremde Umwelt nach seinen Vorstellungen wird prägen können. Keine Versetzung ist eine Katastrophe, er darf nur niemals zulassen, daß unkontrollierte Gefühle, die sich bis zur Panik steigern können, Macht über ihn gewinnen.

Die Galerie berühmter Stiere

Honoré de Balzac, der berühmte französische Dichter (geb. 20.5.1799 in Tours) war in Werk und Leben ein exemplarischer Stier – wenn ihn auch ungünstige familiäre Umstände und sein durch eine übermächtige Begabung förmlich erzwungener Beruf zu einem Leben ohne häusliche Geborgenheit und zu einem ewigen Kampf gegen drückende Schulden zwangen. Aber er blieb seiner Veranlagung treu. Es wird viel über seine kulinarische Unmäßigkeit geschrieben, aber nur wenige Chronisten vermerken, daß seine Leibgerichte nicht etwa erlesene Delikatessen waren, sondern die volkstümlichen Rilletes und Rillons – also geschabtes, geköcheltes Schweinefleisch, bzw. ein Zwischending zwischen Schweinebraten und Grieben (dessen Wohlgeschmack er dem der Trüffeln gleichsetzte). In seinem Hauptwerk, den Romanen der „Menschlichen Komödie“ beschreibt er, wie nur ein Stier es fertigbringt, die sozialen Zustände der Restaurationszeit.

Er ist ein genauer Kenner der ökonomischen Gegebenheiten, ein unübertrefflicher Beobachter seriöser und unseriöser Karrieren. Breiten Raum nehmen die Schilderungen der Wohnungen seiner Helden ein, aus ihnen spricht die ganze unerfüllte Sehnsucht nach Heim und Geborgenheit eines armen Stiers. Aber auch von ungeheurem Fleiß zeugt dieses Riesenwerk und von der Liebe des Stiers zum Detail.
Auch der Gigant unter den Dramatikern, der am 23. April 1564 geborene William Shakespeare, war ein Stier. Auch er zählt nicht zu den Glückskindern, und wenn er es dank seiner ökonomischen Begabung immerhin zum Theaterdirektor brachte, heißt das keineswegs, daß er je den ersehnten Frieden in einem sicheren Hafen fand. In seinen Stücken jedoch zeigt er ein tiefes Verständnis für die Machtpolitik der Könige und den Kampf des Einzelnen um ein Stückchen Sicherheit und Behaglichkeit. Hamlet, seine vielleicht tiefste Tragödie, ist die der Unsicherheit.
Zwei Stiere haben unsere Zeit geprägt. Man könnte sogar sagen, sie haben die Welt verändert: Karl Marx, geboren am 5. Mai 1818 in Trier und der am 6. Mai 1856 im mährischen Freiberg zur Welt gekommene Sigmund Freud. Marx war alles andere als ein blutleerer Theoretiker. Viele nennen ihn einen Moses, der sich nach einem Volk umsah. Nur hat er seine Gebote nicht auf dem Berg Sinai empfangen, sondern selbst gegeben. Daß er als Stier ein Prophet des Ökonomischen wurde, versteht sich fast von selbst. Im Privatleben trieb ihn seine Stier-Natur in einen der Schizophrenie ähnlichen Zustand: er, der in seinen Schriften das Eherecht

Als Sportsmann
kennt der Stier seine Grenzen

abqualifizierte, stritt zur gleichen Zeit mit seiner Mutter um den väterlichen Nachlaß. Er, der gegen das „arbeitslose" Einkommen der Industriellen polemisierte, ließ sich von seinem Freund und Mitstreiter Friedrich Engels kräftig unterstützen – aus dem Profit von dessen Firma. Sein Drang nach Sicherheit war eben übermächtig. Auch Freud, nicht weniger beharrlich als Marx, war vom Anfang seines Lebens an auf der Suche nach einer eigenen Domäne. Er konnte und wollte kein Arzt wie jeder andere sein und wurde zum Propheten der Psychoanalyse. Auch darin geht es um Ökonomie, wenn auch die der menschlichen Seele. Freud brachte als Forscher eine nicht zu überbietende Geduld auf, er prüfte, verwarf und verbesserte und führte gleichzeitig einen leidenschaftlichen Kampf gegen seine Gegner, ohne je aufzugeben.

Wenn es um die Ausübung politischer Macht geht, werden zumeist zwei Stier-Damen genannt: Kaiserin Maria Theresia, geboren am 13. Mai 1717 in Wien, und Evita Peron, die am 7. Mai 1919 in Los Toldes, Argentinien, das Licht der Welt erblickte. Die eine herrschte allein, die andere im Gefolge ihres Mannes, dem sie zur Macht verholfen hatte. Beide Damen nahmen Schwierigkeiten nicht zur Kenntnis. Maria Theresia war schon als junges Mädchen gezwungen, um ihre Krone zu kämpfen, und ein Großteil ihres Lebens bestand aus Kampf und Krieg. Sie war eine treue, häusliche Ehefrau, die ihrem weit weniger treuen Gatten sechzehn Kinder schenkte und darüber hinaus eine hartnäckige Verfechterin ihrer moralischen Prinzipien war. Auch Evita Peron schien zum Kampf geboren. Sie verstand es, durch ihre leidenschaftlichen Reden die

Masse der Ärmsten, der „Hemdlosen“, in ihren Bann zu ziehen. Privat hatte sie außerordentlichen Geldverstand und als sinnenfrohe Stier-Frau viel Freude an sinnlichen Genüssen.
Zu erwähnen wären auch die Komponisten Peter Illjitsch Tschaikowsky (geb. 7.5.1840 in Wotkinsk) und Johannes Brahms (geb. 7.5.1833 in Hamburg), aber auch Friedrich von Flotow, Franz Lehar, Werner Egk und Hans Pfitzner sind Stier-Geborene.
Es mag manchen überraschen, daß auch der Maler Salvatore Dali, der Exzentriker par excellence, ein Stier sein soll. Und doch lassen sich auch an ihm typische Züge beobachten: seine Sinnesfreude, das Naturhafte seiner Kunst und die starke Beachtung der Details. Im übrigen ist seine dauernde Selbstdarstellung das Ergebnis eines klug erdachten und exakt durchgehaltenen Planes.
Verblüffend ist auch, wie viele Größen des Films und des Showgeschäfts Stier-Geborene sind, etwa Ella Fitzgerald, Bing Grosby und Fred Astaire. Aber haben nicht gerade sie ungeheuer viel Kraft und ein ausdauerndes Training gebraucht, haben nicht gerade sie zu den Unverwüstlichen ihrer Branche gehört? Ebenso wie die Brüder Paul und Attila Hörbiger, wie der prominente Schauspieler Jean Gabin haben sie nie den Kontakt zur Erde verloren. Paul Hörbiger züchtete Blumen, Attila liebt seinen Garten und Jean Gabin lebte lieber auf seinem Bauernhof als anderswo. Zu den prominenten Schauspielern zählen noch Orson Welles oder der Komiker Fernandel, der ewige Held Stewart Granger und die zarte elegante Audrey Hepburn, Gary Cooper, Werner Finck und die mädchenhafte Dame Daniel Darrieux.

Sonnen- und Mondzirkel
für das Jahr 1501

Astrologie – eine Wissenschaft?

Astrologie läßt sich auf zwei Arten betreiben. Die eine ist die sogenannte „reine Sonnenstandsastrologie": Nur die Sonne in ihrer Stellung in einem Tierkreiszeichen und eventuell die dazugehörenden Aspekte werden bewertet – diese einfache, sehr populäre Form der Astrologie, so wie sie bisher auch in diesem Buch behandelt wurde, dient aber eher alltäglicher Information, man wird mit ihr in Zeitungen und Zeitschriften konfrontiert, einer sich heute zusehends entwickelnden Wissenschaft dient sie aber nicht.
Die andere Art, die auf viel wesentlicheren Faktoren baut als die Sonnenstandsastrologie, zeigt sich ungleich viel komplizierter und erfordert daher ein gründliches Studium. Diese viel exaktere Astrologie beruht zunächst auf rein mathematischer Grundlage: Astronomischen Berechnungen zufolge wird eine Horoskopskizze angefertigt – diese dient dann der astrologischen Ausdeutung, indem zum Beispiel die Kraft der Planeten oder auch die Stellung der Planeten zueinander herangezogen werden, um Aussagen zum spezifischen „Schicksal" machen zu können.
Mit den Grundzügen dieser wissenschaftlich interessanten, tiefer gehenden Astrologie, wollen wir uns in den nächsten Kapiteln befassen.

Alte und neue Grundlagen der Astrologie

Die astronomisch berechneten Gestirnspositionen, die Ephemeriden, sind die erste Grundlage zur Erstellung eines Horoskops.

Das zweite Fundament ist die Deutungskunst, deren Treffsicherheit vom Fleiß des Astrologen, von seinen Erfahrungen, dem Studium von Horoskopen historischer Persönlichkeiten, seiner Praxis – und auch von seinem Einfühlungsvermögen und sehr wesentlich von seinem Bildungsgrad abhängt. Vor allem ist es wichtig, daß sich der Astrologe von allen subjektiven Einflüssen fernhält.

Die dritte Grundlage steckt zum Teil noch in den Kinderschuhen. Anerkannte Wissenschaftler bemühen sich aber immer mehr um Forschungsergebnisse, die den Beweis liefern, daß es tatsächlich einen Einfluß des Kosmos auf das irdische Leben gibt. Die Summe all dieser Erkenntnisse ergibt das kosmobiologische Fundament der Astrologie, das es selbst dem hartnäckigsten Gegner unmöglich macht, die Astrologie als überholt oder als lächerlichen Aberglauben zu bezeichnen.

Der wichtigste Faktor zum Verständnis der modernen, auf kosmobiologische Grundlagen gestützten Astrologie ist die Kenntnis jener Gürtel- und Ringströmungen, die unsere Erde umgeben und die man in ihrer Gesamtheit die irdische Magnetosphäre zu nennen pflegt. In den Jahren 1957 und 1958 wurden durch Satelliten zwei Strahlungsgürtel entdeckt, die aus positiv geladenen Wasserstoffkernen, Protonen, und aus den negativ geladenen Elektronen bestehen. Beim Zerfall der in der Atmosphäre vorkommenden Neutronen – durch die sogenannte Höhenstrahlung bewirkt – kommt es ständig zu

einer Aufladung des inneren Strahlungsgürtels, während der äußere Gürtel mit der Sonnenaktivität fluktuiert. Wie zwei riesige Schalen umgeben diese nach Van Allen benannten Strahlungsgürtel die Erde, die rotationssymmetrisch zur Erdachse gelagert sind und fast spiegelsymmetrisch zur magnetischen Äquatorialachse liegen.
Gennadi Skuridinis Forschungen offenbarten, daß sich die Sektorenstruktur des interplanetaren Magnetfeldes aus eingefrorenen Magnetfeldern der Sonnenatmosphäre zusammensetzt. Außerdem zeigte sich, daß die Wechselwirkungen des Sonnenwindes mit den erdmagnetischen Feldern auf der Tagseite etwa zehn Erdradien, auf der Nachtseite aber mindestens dreimal so weit reichen. Die Erde weist einen Magnetschweif auf, der sich in der Gegensonnenrichtung über die Mondlaufbahn hinaus erstreckt. Entscheidend ist weiter die Erkenntnis, daß durch Magnetstürme die Grenze der irdischen Magnetosphäre größten Schwankungen unterworfen ist.
Die Magnetpole der Erde wandern jeden Tag viele Kilometer und damit ändert sich das gesamte Magnetfeld der Erdoberfläche. Die Wanderung der Magnetachse steht im direkten Zusammenhang mit den Veränderungen jener riesigen elektromagnetischen Felder um unsere Erde. Welch ungeheuren Einfluß diese Magnetfelder auf das irdische Geschehen haben, beweisen zum Beispiel die Messungen in Erdbebengebieten. Kurze Zeit vor einem Erdbeben bricht innerhalb des betroffenen Gebietes das Magnetfeld zusammen. Dieser Vorgang wird von der Tierwelt meist mit panikartigen Reaktionen beantwortet.

Die Sonnenwelt ist selbst ein ungeheures elektromagnetisches Kraftfeld, das ununterbrochen inneren Verlagerungen unterworfen ist, was sich wiederum auf unsere irdische Magnetosphäre auswirkt. Biologen bestätigen, daß elektromagnetische Felder auf alle Organismen – Menschen, Tiere, Pflanzen – Einfluß haben. So konnte in den letzten Jahren ein bedeutendes Ansteigen von Herz- und Gefäßleiden, sowie nervlich-psychischen Störungen während der Perioden von Magnetstürmen beobachtet werden. Selbst Molekularprozesse werden durch Veränderungen der Magnetfelder ausgelöst, wie der russische Physiologe Pjotr Anochin in Experimenten mit einer bestimmten Wespenart herausfand. Diese Tiere reagieren im Spätsommer, wenn die Temperaturen noch weit über dem Gefrierpunkt liegen so, daß sie in ihren Zellen Glyzerin speichern. Kommt es dann plötzlich zu einem Kälteeinbruch, ist der ganze Körper längst winterfest. Brachte man die Tiere in ein wärmeres Klima, so verschwand schon nach kurzer Zeit das Glyzerin aus den Zellen. Starke irdische und außerirdische Vorgänge finden selbst in der kleinsten Zelle ihren Niederschlag.
Ebenso sind die Gene, die Träger der Vererbung, winzigste Eiweißsubstanzen, den elektromagnetischen Einflüssen in Form von Hemmungen, von Inaktivität oder Aktivität ausgesetzt. Alles Stoffwechselgeschehen im menschlichen Körper hängt von der Bildung verschiedener Enzyme ab. Diese werden im Gleichklang mit der Umwelt einmal stärker, einmal weniger gebildet.

Damit wird die Frage nach der Kausalität umso akuter. Man erinnere sich hier des physikalischen Kausalitätsgesetztes, das Kant folgendermaßen defi-

Das chinesische astrologische Weltbild geht vom harmonischen Gleichgewicht der Natur aus

nierte: „Wenn wir erfahren, daß etwas geschieht, so setzen wir dabei jederzeit voraus, daß etwas vorhergehe, woraus es nach einer Regel folgt."
Angewandt auf die erwähnten Wechselwirkungen zwischen Kosmos und Bios heißt das, daß ein ganz bestimmtes Ereignis im Kosmos ein bestimmtes Ereignis innerhalb des irdischen Lebens auslöst. Jedoch trifft dies in der Praxis nicht immer zu, denn eine bestimmte Konstellation im Horoskop löst

nicht immer und überall dieselbe Wirkung aus. Angewandt auf die Astrologie bedeutet das, daß etwa ein Mensch, der beispielsweise im Tierkreiszeichen Widder geboren ist, langsam, inaktiv und wenig energiegeladen sein kann. Unter hundert Widder-Geborenen wird man aber doch mehr als zwei Drittel mit einer überdurchschnittlichen Aktivität finden. Diese „Ungenauigkeit" dürfte damit zusammenhängen, daß es sich beim Kosmos nicht um einen Mechanismus handelt, sondern um einen Organismus. Für den gilt nicht die physikalische Kausalität, weshalb man bestimmte Voraussagen nur auf Grund statistischer Überlegungen machen kann; demnach ist die Astrologie auf die Regeln der Wahrscheinlichkeit angewiesen. Das gilt für alle ihre Bereiche, – für die Charakterdeutung, für die Prognosen bei der Partnerschafts- und Berufsberatung sowie Voraussagen über Gesundheit und Lebensdauer. Ein unheilvolles Ereignis, das im Horoskop vorgezeichnet ist, muß nicht unbedingt eintreten, denn der Mensch hat viele Möglichkeiten, das Positive zu aktivieren und das Negative auszuschalten. Andererseits kann er durch negative Einstellung oder durch Inaktivität eine ihm vorbestimmte Glückssträhne zunichte machen.

Tierkreiszeichen

Betrachtet man das Universum von der Erde aus, so nimmt man wahr, daß die Sonne im Himmelsraum einen großen Bogen beschreibt: die Ekliptik. Dieser

Bogen hat vom Himmelsäquator eine Abweichung von 23° und ist in die 12 Sektoren des Tierkreises aufgeteilt. Diese Einteilung wurde sowohl von den Babyloniern als auch von den Azteken vorgenommen:

Widder			
0°– 30°	21. März	bis	20. April
Stier			
30°– 60°	21. April	bis	20. Mai
Zwillinge			
60°– 90°	21. Mai	bis	21. Juni
Krebs			
90°–120°	22. Juni	bis	22. Juli
Löwe			
120°–150°	23. Juli	bis	23. August
Jungfrau			
150°–180°	24. August	bis	23. September
Waage			
180°–210°	24. Sept.	bis	23. Oktober
Skorpion			
210°–240°	24. Okt.	bis	22. November
Schütze			
240°–270°	23. Nov.	bis	21. Dezember
Steinbock			
270°–300°	22. Dez.	bis	20. Januar
Wassermann			
300°–330°	21. Januar	bis	19. Februar
Fische			
330°–360°	20. Februar	bis	20. März

Tierkreisbilder nach Leopold von Österreich aus dem Jahr 1326

Der Stand der Sonne im Augenblick der Geburt prägt die Persönlichkeit. Das ist die Sonnenastrologie, die jedoch als einseitig gilt. Im Tierkreis befindet sich nicht allein die Sonne, sondern alle Planeten haben darin in jedem Augenblick eine beeinflussende Position, die der Astrologe „Aspekte" nennt.

Ferner spielt die Verteilung der Planeten in den Himmelsräumen, den Horoskophäusern, sowie der Aszendent eine Rolle. Daraus ist ersichtlich, daß in jedem Menschen eine Legierung verschiedener Elemente aus dem Tierkreis wirksam ist. Mittels dieser Einteilung lassen sich zunächst auf einfache Weise die astrologisch markanten Grundstrukturen des Menschen aufzeigen: So streben die einen lebenslang nach Geld und Gut, die anderen sorgen für Recht und Ordnung, Moral und Sitte, die dritten durchwandern mit ihren Gefühlen alle Höhen und Tiefen, während die vierten, die Verstandesmenschen, in ununterbrochenen Denkprozessen dem Leben Form zu geben trachten. Diese vier Grundtypen setzte man den vier Elementen Erde, Feuer, Wasser und Luft gleich.

Erde nennen die Astrologen die Materie, die Realität; Feuer symbolisiert das spannungsreiche Auf und Ab von Wollen und Tun, den Kampf um Recht und Ordnung. Wasser vertritt die Welt der Gefühle, während das Element Luft die entsprechenden Kräfte für den Geist, für das reale Denken liefert.

Jedes Tierkreiszeichen kann einem der vier Elemente zugeordnet werden; somit kennt man je drei Feuer-, Wasser-, Luft- und Erdzeichen, die im folgenden beschrieben werden. Wie die Auseinandersetzung eines Menschen mit der Umwelt vor sich geht, ergibt nochmals drei Grundtypen:

a) Die Umwelt kann den Menschen zwingen, sie ist stärker als seine eigenen Kräfte, er wird mehr oder weniger zum Spielball der Gegebenheiten, ist also labil.

b) Der Mensch besitzt genügend Kraft und Stabili-

tät, so daß sich zwischen ihm und der Umwelt ein ausgewogenes Verhältnis entwickelt. Er ist fix.
c) Der Mensch ist stärker als seine Umwelt, er drückt ihr seinen Stempel auf – ist cardinal.
Die Sonne stellt das Kraftzentrum dar, aber die Planeten können sich durch ihre Masse auch gegenseitig beeinflussen. Daher lassen sich zwölf typische Wertigkeiten erkennen, die bereits vor Jahrtausenden entdeckt und erklärt wurden.

DIE DREI ERDZEICHEN

Der cardinale Steinbock (22. Dezember – 20. Januar)

Die astralen Kräfte des Steinbocks erfassen die Realität, überwinden mit Zähigkeit Hindernisse und verlieren einmal ins Auge gefaßte Ziele nicht mehr. Immer ist ein klarer Blick für die Wirklichkeit vorhanden, weder durch Gefühlsschwingungen getrübt noch durch fruchtlose Überlegungen gestört. Gefühlsbarrieren stellen sich kaum je den praktischen Zielen in den Weg, ein so gut wie nie fehlendes Pflichtbewußtsein treibt den Steinbock voran. Er will unabhängig sein, weil er sich stark genug fühlt, alles selbst zu machen. Der durchschnittliche Steinbock wird im Rahmen der eigenen Familie seinen Wirkungskreis finden und wie ein Tyrann über eine relativ kleine Umwelt herrschen. Bedeutende Geister sind oft erfolgreiche Planer, denn Disziplin, Ausdauer, Pflichtbewußtsein und Geduld sind ihnen eigen. Aber die Materie ist auch oft eine Last, von deren Druck sich der Steinbock nicht leicht befreien kann, sodaß in der Folge Pessimismus und Freudlosigkeit über ihn hereinbrechen. Sein Verhalten wird daher weitgehend davon geprägt, ob er die Möglichkeit hat, das Schicksal in seinem Sinne zu verändern. Auf jeden Fall wird in seinem Leben das Einfache, Nüchterne vorherrschen; das ist weder gut noch schlecht, sondern eine unabdingbare Tatsache.

Der fixe Stier
(21. April – 20. Mai)

Hier strömen nicht Kräfte vom Menschen hinaus in die Welt der Materie, sondern die Ruhe, die Trägheit als Grundprinzip aller Lebensäußerungen ist prägend. So wie der Steinbock, hat auch der Stier ein unerhört sicheres Empfinden für das Materielle, aber ihm fehlt das Streben, Geld und Gut durch Anstrengung zu erwerben. Der stierbetonte Mensch will besitzen, er möchte Einfluß ausüben, ohne sich plagen zu müssen. Aus Trägheit steht er Erneuerungen ablehnend gegenüber. Bewahrt wird die traditionelle Gesinnung genauso wie der Lebensraum, in den er gestellt wird. Realistisch erfaßt er alles, das Erbgut ebenso wie die von Eltern und Erziehern übernommenen Werte, vor allem solche, die das Leben angenehm machen. Er versteht es ausgezeichnet, alles so einzurichten, daß ihm alle Vorteile mehr oder weniger von selbst in den Schoß fallen. Die verhaltene Kraft in jedem Stier ist schwer zu aktivieren. Seine Stärke läßt sich nur in den seltenen Fällen ermessen, nämlich dann, wenn sie unvermeidlich herausgefordert wird.

Die labile Jungfrau
(24. August – 23. September)

Die hier wirksamen Kräfte haben eine dem Steinbock-Einfluß entgegengesetzte Richtung, sie strömen nicht vom Menschen nach außen in die materielle Welt, sondern umgekehrt. Um die Arbeit, die auf ihn zukommt, zu bewältigen, entwickelt der Jungfrau-Mensch viel Fleiß und wird geradezu zum wilden Berserker. Dabei unterscheidet er präzis zwischen nutzbringenden und nicht nutzbringenden Tätigkeiten; was für den Jungfrau-Menschen nützlich ist, kann auch dem Mitmenschen zum Nutzen gereichen. Damit er sein Arbeitspensum erfüllen kann, strebt der Jungfrau-Mensch nach verläßlicher Ordnung und Einteilung. Alles auf dieser Welt soll besser funktionieren, soll harmonisch ablaufen, bei jeder Aktion soll es sauber, hygienisch und wirtschaftlich zugehen.

Das Streben nach Alleinsein, nach Unberührtheit gehört gleichfalls zum Jungfrau-Menschen. Man verwendet in diesem Zusammenhang auch gern den Ausdruck Keuschheit und will damit die eigenartige Kühle, die Unnahbarkeit der Jungfrau-Menschen charakterisieren, die oft sogar den Kontakt mit dem anderen Geschlecht vermeiden. Frauen, die unter starkem Jungfrau-Einfluß stehen, haben nicht selten nur ein Kind, und finden in der Mutterschaft keine befriedigende Bestätigung ihres Weibseins. Das Jungfrau-Schicksal heißt: lebenslang dienen, immer in einen als eng empfundenen materiellen Rahmen eingespannt sein. Daher sucht der Jungfrau-Geborene stets nach einem System zur Arbeitserleichterung; die Lebensform wird bestimmt durch Klassifikationen und Pedanterien, durch ständiges Kritisieren und Suchen nach dem Zweckmäßigen. Säen und das Gesäte behüten, ernten und das Geerntete richtig verwerten – das ist die Aufgabe der Erdzeichen. Nur die Wirklichkeit ist für sie die feste, die reale Grundlage des Lebens.

DIE DREI WASSERZEICHEN

Erd- und Wasserzeichen bilden Gegensatzpaare, dem Realen steht die Welt des nicht Faßbaren, die Welt der Gefühle, der Triebe und Leidenschaften, der Träume, Wünsche und Stimmungen gegenüber. Während es dem Erdmenschen vor allem auf die Bewältigung der Materie ankommt, verbunden mit einer Vermehrung von Hab und Gut, findet der Wassermensch den Sinn irdischen Daseins in einer möglichst großen Erlebnisfülle.

Der cardinale Krebs
(22. Juni – 22. Juli)

Sein Charakteristikum ist die Fähigkeit, Umweltimpulse auf das Seelenleben sofort wieder abzustrahlen. Ein Hauch von Mißstimmung im Krebs-Menschen kann mit einem Schlag die vorhandene gute Laune aller Menschen zerstören, die sich in seinem Bannkreis befinden. Seine Seele ist ohne jeden Schutz und somit unfähig, eine Verletzung in kurzer Zeit zur Vernarbung zu bringen. Die einzige Abwehr gegen die ständig eindringenden Einflüsse der Umwelt ist die augenblickliche Reflexion, das Zurückspiegeln. Die empfindsame und alles registrierende Seele weicht all jenen Menschen aus, die ihr gefährlich werden könnten. Dem krebsbetonten Menschen ist jene Umwelt am liebsten, die gerne und dankbar seine ausstrahlenden Stimmungen annimmt und sich in dieser Sphäre von Gefühlen wohl fühlt. Schwierig haben es all jene, die die

Gefühlsschwankungen der Krebs-Geborenen nicht mitmachen können. Doch wer das Positive aus diesem Tierkreisabschnitt zu verwerten weiß, kann vom Krebs Seelenkräfte empfangen wie ein kostbares Geschenk. Wer immer Hilfe und Trost braucht, wem das Leben Wunden schlägt, wer mutlos und schwach wird, kann Gewinn aus einer Krebs-Strahlung ziehen.

Der fixe (konservative) Skorpion (24. Oktober – 22. November)

In Skorpion-Geborenen sammeln und speichern sich die von außen einströmenden Kräfte, um sich dann bei einer bestimmten Spannung verstärkt entladen zu können. Dabei erreichen die Seelenkräfte maximale Verdichtung. Der Skorpion, einst auch als Adler mit einer Schlange in den Fängen dargestellt, besitzt eine Gefühlsskala, die von der tiefsten Tiefe (Schlange) bis hinauf in die höchsten Regionen (Adler) reicht. Stets erfahren seine Gefühle, Regungen, Stimmungen, Triebe und Leidenschaften Nahrung aus der Umwelt, doch kaum merkt der Außenstehende etwas davon. Man weiß nie genau, wie man sich diesem komplizierten Menschen gegenüber verhalten soll. Man fühlt nur die inneren Kräfte des Skorpion-Geborenen und lernt sie, wenn sie bei nichtigem Anlaß zur Explosion kommen, fürchten. Darin mag wohl auch der Grund für die den Mitmenschen zugefügten Verletzungen liegen. Ungestüm drängt der Sexualtrieb zur Entladung, wobei es verständlicherweise oft zu schweren Komplikationen kommt.

Die labilen Fische
(20. Februar – 20. März)
Die aus der Umwelt auf den Fische-Menschen eindringenden Eindrücke werden nicht wie beim Krebs sofort reflektiert und der Umwelt wieder aufgezwungen, kommen auch nicht wie beim Skorpion von Zeit zu Zeit zur Entladung, sondern werden gesammelt und in der Seele abgelagert. Der Fische-Mensch wird zum Spielball von Stimmungen, Gefühlen und sonstigen psychischen Regungen, die von außen her in seine Seele eindringen. Mit unerhörter Sensibilität wird alles aufgenommen und er vermag, alles Leid dieser Erde zu erfahren. Dabei kann er sich aufopfern, mitleiden, andere Menschen verstehen und mit ihnen fühlen. Sein seelischer Reichtum bringt eine Fülle von Phantasien hervor, die zumeist jenseits der Wirklichkeit liegen. Materieller Reichtum ist für den Fische-Mensch durchaus etwas Entbehrliches, denn er ist kaum der Realität verbunden. Er fühlt sich von Träumen und Phantasien bereichert, sie bringen ihm Verinnerlichung und Vertiefung, für den harten Lebenskampf aber bleibt der Fische-Mensch ungeeignet. Wenn er gezwungen wird, der rauhen Wirklichkeit energisch gegenüberzutreten, kann es zum Zusammenbruch, zur Katastrophe kommen.

DIE DREI FEUERZEICHEN

Die Kräfte der Umwelt sind für sie Impulse zur Möglichkeit, die Welt als Funktion von Willensäußerungen zu erleben. Da jedes Wollen zukunftsgerichtet ist, sind sie zumeist Optimisten und verfügen über ein ausreichendes Maß an Lebensfreude. Sie werden erst dann den Lebensmut verlieren, wenn man ihren Lebensraum so einengt, daß für ihre freie Entscheidung kein Raum bleibt und die Zukunft für sie verbaut scheint.

Der cardinale Widder
(21. März – 20. April)

Im Zeichen Widder begegnet man dem streitbaren Menschen, der seine Ziele weniger auf Zweckmäßigkeit und materiellen Nutzen prüft, sondern sie aus einem unbändigen Verlangen heraus anstrebt. Ohne sicheren Instinkt für drohende Gefahren stürmt der Widder-Geborene los und zwingt seinen Willen der Umwelt auf; wieviel Kraft er dabei selbst zu opfern hat, ist ihm gleichgültig. Die Gegenwart ist ihm lediglich der Beginn der Zukunft. Vehement verteidigt er seine Freiheit, denn nur dann kann er sich verwirklichen. Dogmatisch gibt er seine Meinung kund und meidet alle Erörterungen mit Wenn und Aber. Auf Umwegen ist der Widder kaum anzutreffen, er bevorzugt den geradesten Weg, auch wenn er steinig ist. Geht es um Triebe und Leidenschaften, so gönnt er sich keine Zeit. Das mag den Partner, den es trifft, einen gewaltigen Schock versetzen, doch für einen Widder-Menschen gibt es keine Romantik, keine langen Vorspiele, kein sanftes und zärtliches Getue. Widder-Menschen können Führer oder auch Verführer sein. Das kommt auf ihre Bildung und ihren Charakter an. Erziehung, auch Selbsterziehung, und Wissen sind die Grundlagen, die letztlich den Ausschlag dafür geben, ob sein zielgerichtetes Handeln sinnvoll ist oder nicht.

Der fixe Löwe

(23. Juli – 23. August)

Im Löwen konzentriert sich das Wollen. Er, das Sonnenzeichen, vertritt das Prinzip des Herrschens, der Macht, der Souveränität. Der Löwe-Mensch braucht unter Umständen nur ein Wort zu sagen, und schon wird von den Mitmenschen gehorsam die Tat ausgeführt. Wünsche oder Anordnungen anderer lassen ihn hingegen auf Grund seiner eigenen Stärke eher gleichgültig. Diese Haltung wird nicht selten als Hochmut ausgelegt. Wagt es jemand, ihn von seinem Platz zu vertreiben, so kann er mit zerstörerischen Aggressionen reagieren. Die Selbstgefälligkeit des Löwen-Menschen, sowie die in ihm ruhende Willenskraft, lassen ihn oft faul erscheinen. Er versucht zwar, kraft der ihm innewohnenden Autorität seine Partner in allen Lebensbereichen den Gesetzen seines Willens unterzuordnen, doch es fehlt ihm an Stärke, seine ruhenden Kräfte in bewegliche umzuwandeln. Das überläßt er lieber den anderen. Er sieht gerne zu, wenn in seiner Umgebung viel und schwer gearbeitet wird. So wie die Sonne, durch die am reinsten die Strahlungen des Löwe-Zeichens zur Geltung kommen, ruhendes Zentrum ist, verstehen es oft selbst gesellschaftlich unbedeutende Löwe-Menschen ihre Umwelt durch ihre faszinierende Ausstrahlung in ihren Bann zu ziehen und zur Aktivität zu veranlassen.

Der labile Schütze

(23. November – 21. Dezember)

Der Schütze erlebt die Welt als Willensimpuls, ist eingetaucht in die Vielzahl von Willensäußerungen, die er in irgendeiner Form akzeptieren muß, deren Objekt er werden möchte und wird. Die persönliche Entwicklung und das Handeln ist auf viele Ziele gerichtet, wobei das Verlangen nach wahrer Erkenntnis nie erlischt. Er will sich einordnen in die höheren Prinzipien, er wandert, reist gerne, um noch mehr zu sehen, noch mehr zu erleben, um eine höhere Plattform zu finden, von wo aus alles noch besser zu überblicken ist. Überzeugt von der Rechtlichkeit seines Tuns, belehrt er gerne darüber, was gut und böse ist. Dabei fehlt es ihm nie an einer gewissen Herzlichkeit und Verständnisbereitschaft, so daß man unter diesem Zeichen die besten Lebenskameraden finden kann. Gerne übernimmt der Schütze-Geborene eine Rolle, identifiziert sich mit ihr und spielt sie auch hervorragend, denn dies entspricht seiner Veranlagung. Viele große Schauspieler gehören diesem Zeichen an. Der Schütze glaubt an das Leben, an die Gesetze der Ordnung und handelt dementsprechend positiv. Er hält sich gerne in geselligen Kreisen auf, ihn zeichnet, wie kaum jemand anderen die Eigenschaft der Verbindlichkeit aus. Er schließt leicht Kontakte und behält sie bei. Seine Lebensäußerungen sind spontan und sein Handeln ist bezwingend.

DIE DREI LUFTZEICHEN

Die Notwendigkeit der Luft, des Sauerstoffs, für das Funktionieren des menschlichen Organismus, vor allem für das Gehirn, zeigt die Bedeutung der Luftzeichen an. Keine Körperzelle braucht soviel Sauerstoff wie eine Gehirnzelle. Und so ist es überaus treffend, daß die drei Luftzeichen die geistigen Funktionen des Menschen vertreten.

Die cardinale Waage
(24. September – 23. Oktober)

Der Waage-Mensch besitzt die Fähigkeit, die unermeßliche Vielfalt von Formen zu erleben und selbst die Welt zu formen. Übertragen auf den Alltag reicht diese Gabe vom Verarbeiten eines Stück Stoffs bis zum Erfassen und Umgestalten geistiger Strömungen zu neuen Theorien. Dabei wird eine harmonische Zusammenarbeit gewünscht. Zur Waage gehören nicht nur der künstlerische Sinn, die Freude an Geselligkeit und die Harmonie, sondern auch der Takt, die Höflichkeit, die diplomatische Vorgangsweise und das ästhetische Empfinden. Während der unter dem cardinalen Feuerzeichen stehende Widder durch einen Impuls sofort zu bewußtem Wollen gebracht wird, also fast augenblicklich eine Entscheidung herbeizuführen vermag, ist der Waage-Mensch einer spontanen Entscheidung nahezu unfähig. Hinter den Erkenntnissen, den Betrachtungen der Formen stehen keine Wünsche, Bestrebungen, Triebe. Es fehlen die Kräfte, das Erkannte in die Tat umzusetzen. Daraus ergibt sich die sprichwörtliche Unentschlossenheit, die Entscheidungsunfähigkeit des Waage-Betonten, die allzuoft in Bequemlichkeit abrutscht. Er ereifert sich zwar stundenlang über einen Schmutzfleck, aber er wird nicht aufstehen und ihn entfernen.

Der fixe Wassermann
(21. Januar – 19. Februar)

Der Wassermann-Betonte besitzt die Möglichkeit, eine kaum vorstellbare Fülle von Ideen zu sammeln, auszubauen und zu entwickeln. Seine Vorstellungen, seine geistigen Leistungen und Tätigkeiten müssen in keinem Zusammenhang mit den Gegebenheiten seiner Umwelt stehen, wodurch sich der Effekt des vollkommen Neuen, Originellen und Unerwarteten ergibt. Mitunter entsteht der Eindruck, der Wassermann-Geborene habe keinen Lebensernst und gebärde sich wie ein Verrückter. Alles, was das praktische Leben verlangt, ist ihm gleichgültig, er schafft sich seine eigene Welt und lebt nach seiner eigenen Logik, sehr oft im Gegensatz zu allen um ihn her. Der Wassermann vermag, abgeschlossen von der Außenwelt, ganz mit seinen Gedanken zu leben und nur von Zeit zu Zeit leuchtet die unermeßliche Tiefe seines Geistes auf. Verständlich, daß es oft an Möglichkeiten fehlt, mit ihm zwischenmenschliche Beziehungen anzuknüpfen. Wer der Welt des Geistes aufgeschlossen ist, kann mit ihm Kontakte von großer Dynamik knüpfen.

Die labilen Zwillinge
(21. Mai – 21. Juni)

Der Zwillings-Betonte wird zum willigen Objekt mentaler Strömungen, er kann sich leicht jeder Veränderung anpassen, wird keine Schwierigkeiten haben, gerade zuvor ernstgemeinte Anschauungen über den Haufen zu werfen, wenn es die Situation erfordert. Aus diesem Grund wird er oft als Luftikus bezeichnet.

Er schafft weder neue Formen, noch speichert er sie, sondern er erfaßt die vorhandenen und versucht, das beste aus ihnen zu machen. Dadurch ergibt sich eine innere Unrast, eine Notwendigkeit, immer wieder den eigenen Standort zu analysieren. Der Zwillinge-Geborene befindet sich ständig im Spiel der geistigen Kräfte. Alles wird angezweifelt, alles immer wieder geprüft; gibt es ein Wenn, dann findet er sofort auch ein Aber. Diese Ruhelosigkeit, dieser Zwang zum Immer-wieder-Umdenken, läßt ihn unglaublich vielseitig erscheinen, seine schwankende Haltung beraubt ihn aber der Zuverlässigkeit. Seine Lust am Diskutieren erlahmt kaum, denn ständig auftauchende Zweifel lassen keine stabile Meinung zustande kommen. Welche Lebensäußerungen auch immer unter diesem Zeichen stehen, in ihnen offenbart sich eine Welt, in der alles Geistige ruhelos ist und alles sich mit allem verbindet.

Die Symbole des arabischen Tierkreises

Der Aszendent

Will man mehr als die einfache „reine Sonnenstandsastrologie" betreiben, ist die möglichst präzise Errechnung des Aszendenten nötig. Unter Aszendent versteht man jenen Punkt in einem Sektor von 30 Grad, in dem das eben herrschende Tierkreiszeichen im Augenblick der Geburt am Osthimmel aufgeht. Zur genauen Bestimmung des Aszendenten ist deshalb eine präzise Geburtsangabe – möglichst minutengenau – erforderlich.
Eine brauchbare Erklärung gibt auch eine geometrische Darstellung: Man zeichnet eine Achse, die durch den Geburtsort und den Erdmittelpunkt geht. Durch den Erdmittelpunkt wird dann senkrecht zu dieser Achse eine Ebene gebildet. Diese Ebene schneidet an einem ganz bestimmten Punkt die Ekliptik, d.h. den Kreis am Fixsternhimmel, den die Sonne scheinbar im Jahreslauf beschreibt. Dieser Schnittpunkt des Horizonts mit der scheinbaren Sonnenbahn ist der Aszendent. Der Aszendent selbst ist also kein Tierkreiszeichen, sondern er liegt in diesem oder jenen Tierkreiszeichen.
Die Berechnung des eigenen Aszendenten gibt Anlaß zur Selbsterkenntnis und sollte daher möglichst genau mittels Tabellen-Ephemeriden, also den Gestirnstabellen, weiters mit einer Häusertabelle und Horoskopformularen erstellt werden. Will man sich aber bloß oberflächlich orientieren, so genügt eine einfachere Methode, für die man zunächst wissen muß,

a) in welchem Haus die Sonne bei der Geburt stand und
b) in welchem Dekanat, möglichst aber in welchem Grad eines Tierkreiszeichens die Geburtssonne stand.
Dabei ist folgendermaßen vorzugehen: Da der Himmelsraum von den Astrologen seit eh und je in zwölf Teile oder Häuser geteilt wird und der Tag vierundzwanzig Stunden hat, ergibt sich zunächst die höchst simpel anmutende Feststellung, daß die Sonne bei ihrem täglichen Lauf durch die zwölf Häuser zwei Stunden je Haus benötigt.
Von 6 bis 8 Uhr durchläuft sie das zwölfte Haus,
von 8 bis 10 Uhr das elfte Haus,
von 10 bis 12 Uhr das zehnte Haus,
von 12 bis 14 Uhr das neunte Haus,
von 14 bis 16 Uhr das achte Haus,
von 16 bis 18 Uhr das siebente Haus,
von 18 bis 20 Uhr das sechste Haus,
von 20 bis 22 Uhr das fünfte Haus,
von 22 bis 24 Uhr das vierte Haus,
von 0 bis 2 Uhr das dritte Haus,
von 2 bis 4 Uhr das zweite Haus,
von 4 bis 6 Uhr das erste Haus.
Bei der Feststellung in welchem Tierkreiszeichen die Sonne an einem bestimmten Tag stand, ist von der Tatsache auszugehen, daß jedes Tierkreiszeichen dreißig Grade hat und daß etwa um den einundzwanzigsten jeden Monats ein neues Zeichen beginnt. Wer beispielsweise Anfang Mai geboren ist, kann sagen, daß bei seiner Geburt die Sonne ungefähr in der Mitte des Stier-Zeichens stand. Ist jemand Mitte August geboren, dann stand die Sonne bereits im letzten Drittel des Zeichens Löwe.

Um die Sache zu erleichtern hat man schon seit langer Zeit die Tierkreiszeichen in drei Dekanate geteilt, das heißt also, die dreißig Grad in dreimal je zehn unterteilt. Von 0 bis 10 Grad reicht das erste Dekanat, von 11 bis 20 Grad das zweite und von 21 bis 30 Grad das dritte. Verteilt auf das Datum ergibt sich, daß vom Beginn eines Tierkreiszeichens bis zum Monatsende das erste Dekanat, vom Monatsersten bis ungefähr zum Zehnten das zweite und schließlich bis zum Ende des Tierkreiszeichens das dritte anzusetzen ist. Es soll kurz nochmals darauf hingewiesen werden, daß der Aszendent die Spitze des ersten Hauses bildet, daß er zusammenfällt mit dem Horizont, der nach Osten zeigt und somit Tag und Nacht trennt.

Die Aszendentenbestimmung

1) Man zeichne einen Kreis, teile diesen in zwölf Sektoren, trage die Tierkreiszeichen der Reihe nach ein und schneide ihn aus.
Nun wird die Sonne im Tierkreisabschnitt der Geburt möglichst genau eingezeichnet. Man erinnere sich an die drei Dekanate.
2) Dann zeichne man einen zweiten, etwas größerenn Kreis, schneide ihn gleichfalls aus, teile ihn in zwölf Abschnitte und zeichne die Häuser mit den Stunden ein.
Dazu ein Beispiel: Ist man um elf Uhr vormittags geboren, dann wird Kreis I so gelegt, daß die Sonne in das zehnte Haus zu stehen kommt. Ist man um 21 Uhr abends geboren, kommt die Sonne in das fünfte Haus. Und jenes Tierkreiszeichen, das nun an der Spitze des ersten Hauses liegt, ist der Aszendent.

Die Himmelsmitte– Medium Coeli

Neben dem Aszendenten kommt dem zehnten Haus, der Himmelsmitte, dem sogenannten Medium Coeli (MC) fundamentale Bedeutung zu, denn es gibt über den Menschen Auskunft. Zu jedem Aszendenten gehört ein ganz bestimmtes Medium Coeli (MC). Normalerweise ist das MC um drei Zeichen gegenüber dem Aszendenten zurück, bei einem Waage-Aszendenten ist das MC im Krebs, es kann aber in manchen Fällen auch vier Tierkreiszeichen zurück liegen. Gehört der erste Blick dem Aszendenten, so der zweite dem MC; damit wird die Deutung der Planetenstellung leichter fallen.

DER ASZENDENT IN DEN FEUERZEICHEN

Aszendent im Widder

Im Leben müssen immer wieder Entscheidungen getroffen werden, die auf Grund der Wahlmöglichkeiten schwer fallen können. Mit einem Aszendenten im Widder bleibt man von solchen Überlegungen verschont, denn mag die Lebenssituation noch so verworren sein, man ist befähigt, sich blitzartig zu entscheiden, mehr noch, die Vielzahl von Möglichkeiten gar nicht zu sehen! Dies geschieht noch dazu im Vertrauen auf die eigene Kraft und in der sicheren Überzeugung, ohnedies das Richtige gewählt zu haben. Dazu kommt noch eine gewisse Freude dauernd aktiv sein zu können.
Mit dem Steinbock im MC, dem cardinalen Erdzeichen, gesellen sich zum Tatendrang Trotz und Ausdauer. Ein ins Auge gefaßtes Ziel wird nicht mehr

aufgegeben und es kommt auf dem Weg dorthin kaum zu Ermüdungserscheinungen. Eigentlich wären diese Menschen die geborenen Führer, wären sie nicht sofort bereit, sich unterzuordnen, wenn ihnen jemand entgegentritt, der ihnen ob seiner Fähigkeiten imponiert.

Aszendent im Löwen

Auch der unter diesem Feuerzeichen Geborene kennt das Prinzip der Entscheidung, weiß um die Notwendigkeit des Kampfes, doch herrscht hier zwischen dem Menschen und seiner Umwelt ein wohlausgewogenes, ruhiges Verhältnis. Das Leben schenkt diesen Auserwählten die Gabe, auf der Sonnenseite zu stehen; immer und überall besteht für sie das sichere Gefühl des Überlegenseins. Dies führt zu einem Optimismus, der eine etwas einseitige Betrachtung des Lebens ergeben mag. Man ist schließlich gar nicht mehr bereit, das Niedere und Häßliche zu sehen. Ist doch einmal der Zwang zu kämpferischem Vorgehen gegeben, erweist sich das Löwenhafte sehr deutlich: Zorn und Wut kommen zum Ausbruch. Löwe-Geborene (Sonne oder Aszendent) suchen gerne einen Partner mit starker Widder-Besetzung, denn dann liest dieser Partner brav und folgsam die Entscheidungen von den Augen des „gewaltigen" Löwen ab.

Da der Löwe am Horizont länger als zweieinhalb Stunden im Aszendenten steht, gibt es hier drei Möglichkeiten eines MC des zehnten Hauses. Steht der Widder an der Spitze des Berufshauses, dann findet sich oft das Bestreben, mit genügendem Respekt behandelt zu werden. Man peilt eine Position im Rampenlicht an und läßt sich gerne von

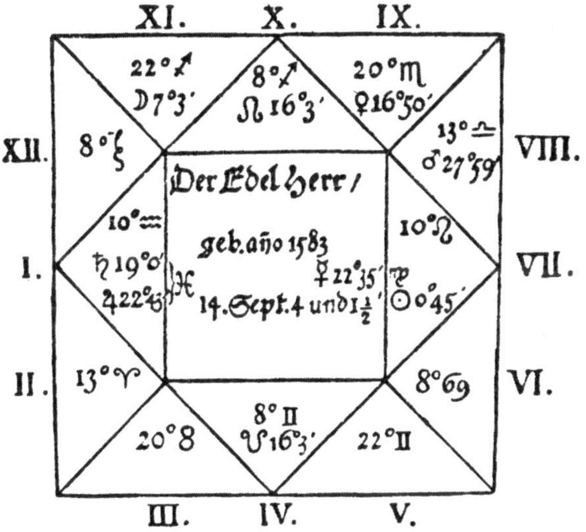

Das Horoskop Wallensteins,
erstellt 1608 von Johannes Kepler

Schmeichlern umgeben, wodurch der Löwenkult gefördert wird. Beherrschen die Fische das MC, so umhüllt der Traum von einer gehobenen Stellung das Denken, und nichts vermag den unter Löwen-Einfluß geborenen Menschen aus dieser Welt der Illusion zu vertreiben, selbst dann nicht, wenn sich bittere Enttäuschungen eingestellt haben. Steht allerdings das MC im Stier, lebt man behaglich vor sich hin, allerdings ohne an der Realität vorbeizugehen. Doch alles Streben ist auf den schönen Augenblick ausgerichtet. Neider und Feinde werden nicht zur Kenntnis genommen und damit ist jeder Konfliktstoff beseitigt.

Aszendent im Schützen

Es wird gerne jede Situation gesucht, in der man sich engagieren kann und die es notwendig macht, klare Entscheidungen zu treffen; eigentlich geht es mehr um die Situation vor der Entscheidung, in der die Analyse, die Diskussion, die Auseinandersetzung vorherrschen. Dabei spielen Recht und Unrecht bestimmt durch die eigene Weltanschauung, eine wichtige Rolle. Drei Zeichen können beim Schütze-Aszendenten das MC bilden: Jungfrau, Waage und Skorpion. Das Skorpion-Zeichen drängt der Existenz eine kämpferische Haltung auf, denn Mars regiert. Doch gibt es immer schwere Störungen der Harmonie, wenn einerseits durch das Schütze-Zeichen ein Engagement gefordert wird und andererseits der Kampf mit der Umwelt schwierig und mitunter auch aussichtslos ist. Da können schwere Hemmungen auftreten. Und stellt sich alles gegen den unter diesem Zeichen Geborenen, dann kommt es zu einem verhängnisvollen Fanatismus.

Regiert die Jungfrau das MC, tritt ein nüchternes Erwägen in den Vordergrund. Merkur, als Herr des zehnten Hauses, prüft nach allen Richtungen, ehe es zu Entscheidungen kommt, und der Lebensweg wird stets gut unter Kontrolle stehen. Temperament paart sich mit praktischem Sinn.

Die Waage im zehnten Haus vermittelt die Neigung zum Kompromiß nach allen Seiten. Der Einsatz für eine Sache ist anfangs stark, verläuft sich aber allmählich. Hat der Jupiter des Schütze-Aszendenten eine gute Stellung, so zeigen sich auf dem Lebensweg große Erfolge und Gewinne.

DER ASZENDENT IN DEN LUFTZEICHEN

Aszendent in der Waage

Der unter der Waage Geborene ist in seiner Grundstimmung von der frühesten Kindheit an entschlossen, der Düsternis des Lebens zu entfliehen. Er besitzt eine Einstellung, die es ihm gestattet, alles in verklärendem Licht zu sehen. Dadurch bildet sich eine positive Gedankenschicht, die wie ein Polster gegen die Härte des Lebens abschirmt. So entsteht das erstaunliche Faktum, daß dem Waage-Geprägten das Schicksal kaum etwas anhaben kann; immer zeigt er Ruhe und Besonnenheit. Hier präsentiert sich die Waage als Gegenzeichen zum Widder. Jener hat sich längst entschieden, während die Waage noch überlegt, sie braucht unter Umständen so lange, bis es zu spät ist. Andere Menschen entscheiden auf Grund des Nächstliegenden, der Waage werden aber unzählige Varianten klar, und das gibt ihr das imponierende Gefühl der klaren Überlegenheit.

Wenn sie nur halbwegs Talent besitzt, wird sie das, was sie in ihrem Inneren an Möglichkeiten gespeichert hat, zur Darstellung bringen können, etwa in Form von Gemälden, Plastiken, Gedichten. Daß dabei für Streit und Hader kein Platz ist, ist insofern klar, als jeder Streit doch ein Engagement gegenüber der Wirklichkeit bedeuten und zur Entscheidung zwingen würde, was jedoch nicht im Vermögen des Waage-Bestimmten liegt. Er wird also allen peinlichen Situationen durch Höflichkeit oder einfachen Rückzug zu entgehen trachten. Darin offenbart sich höchste Lebensklugheit, denn mit

einem Minimum an Aufwand wird das beste Resultat erzielt.
Die Spitze des zehnten Hauses wird von Krebs oder Löwe gebildet. Regiert der Krebs, so ist ein noch stärkeres Zögern zu bemerken, durch das Verlangen, allen Widerwärtigkeiten zu entgehen. Woraus noch keine Nachteile erwachsen müssen, außer dann, wenn der Mond als Beherrscher des zehnten Hauses schlecht gestellt ist. In diesem Fall ist kaum mit viel Erfolg auf dem Lebensweg zu rechnen. Anders, wenn der Löwe im zehnten Haus ist und die Sonne den Berufsweg markiert. Da ist auch bei Schwierigkeiten genug Selbstvertrauen vorhanden, um schließlich das Richtige zu tun. Steht die Sonne gut, dann stellt sich Erfolg ein und – mit anderen Faktoren – auch Durchschlagskraft. Der Löwe sucht im Beruf Ruhe, Sicherheit, Würde und Ansehen, womit dem Waage-Aszendenten bei dieser Position Wohlausgewogenheit beschieden ist.

Aszendent im Wassermanm

Er besitzt ein komplettes Gebäude von Gedanken, mit deren Hilfe er die Welt in einem bestimmten Umfang erkennen kann. Die Schicht von Theorien, Gedanken und Plänen um ihn herum hindert ihn aber mit seiner Gedankenbrille die Welt wirklich zu erkennen. Vieles bleibt daher solchen Menschen lebenslang unbegreiflich, es fehlt gleichsam der Schlüssel, in so manche Bereiche einzudringen.
Dies wiederum läßt Selbstzweifel aufkommen, das Gefühl, nicht richtig orientiert zu sein; auch eine starke Unzufriedenheit, wegen der fehlenden Fähigkeit zur Integration, stellt sich ein. Das Schicksal vermag den Wassermann niemals unvorbereitet

zu treffen, da er ohnedies alles weiß und ihn nichts überraschen kann. Mit der Kraft des Wassermanns ist der Mensch in der Lage, mehr zu wissen als die anderen. Die seelischen Grundstimmungen der unter diesem Zeichen Geborenen orientieren sich auf ihrem Weg nach Markierungen, die zum Teil in weiter Ferne liegen. Dem voraussehenden Wassermann scheinen viele Menschen seiner Umgebung klug. Daraus resultiert ein gewisser Abstand, der auch von den anderen erkannt wird. Ergibt sich eine geradezu unüberbrückbare Distanz, muß sich der mit dem Aszendenten im Wassermann Geborene auf dieser Erde fremd fühlen. Er sucht daraufhin eine isolierte Betätigung.
Regiert der Skorpion das zehnte Haus, dann bestimmt Mars den Berufsweg; es erwächst Härte zum Durchsetzen, man kann sich originell entfalten und mit ein bißchen Glück stellen sich Anerkennung und Erfolg ein. Ist aber der Schütze im zehnten Haus, so gesellt sich zu der Gedankenwelt noch der Glaube, wirklich etwas Besonderes zu sein. Die Überzeugungskraft wirkt besonders dann, wenn Jupiter gut plaziert ist. Ob ein solcher Typus in den Augen der Mitmenschen als verschrobener Kauz oder als wertvolles Original angesehen wird, läßt den unter dem Wassermann Geborenen völlig kalt. Was hat er schon gemein mit Leuten, die ihn ohnedies nicht begreifen können!

Aszendent im Zwilling

Der von Merkur geprägte Zwilling ist ununterbrochen Zweifeln unterworfen, schmerzvoll erkennt er die Vielzahl der Möglichkeiten, ohne sich für einen bestimmten Weg entscheiden zu können. Er hat

Freude am Diskutieren und am Zerpflücken aller Eventualitäten. Weil er selbst nicht genau weiß, was zu tun ist, versucht er die anderen gleichfalls zu verwirren. Auf alle Fragen gibt es Gegenfragen und zum Schluß sind selbst die solidesten Charaktere verunsichert, was aber den Zwilling eher zu befriedigen scheint, denn so hat er seine schwankende Weltanschauung bewiesen. Die rauhe Wirklichkeit wird gerne gegen Luftschlösser vertauscht, die aber nach einiger Zeit wie Seifenblasen zerplatzen und bittere Erfahrungen zurücklassen. Es ist für ihn schwierig, den sicheren und festen Lebensweg zu finden. Hat er ihn gefunden und steht der Geburtsplanet günstig, so kann sich vielleicht auch reicher Erfolg einstellen.

Drei Zeichen können im zehnten Haus regieren: Steinbock, Wassermann und Fische. Ist der Steinbock in der Himmelsmitte, im zehnten Haus, dann herrscht Saturn und der unter dieser Konstellation Geborene wird mit störendem Eigensinn versuchen, die eigene Unsicherheit auf andere zu übertragen; er will seinen Mitmenschen beweisen, daß sie auch nicht klüger sind als er. Mit dem Wassermann im zehnten Haus ist ebenfalls eine deutliche Hartnäckigkeit gegeben, die so weit gehen kann, daß man aus Starrsinn Risiken eingeht. Nur wenn der Raum der zehnten Achse von den Fischen beherrscht wird, zeigt sich eher eine gewisse Passivität und eine freundlichere Einstellung zur Umwelt.

DER ASZENDENT IN DEN WASSERZEICHEN

Aszendent im Krebs

Der Mond ist hier der Geburtsgebieter, und der unter diesem Gebieter Geborene wird lebenslang den gesamten Mondrhythmus stärker spüren als andere Menschen. Den Wasserzeichen stehen die Erdzeichen gegenüber und das Gegenzeichen des Krebses ist der Steinbock. Gefühle und Träume des Krebses stehen im Gegensatz zur Materie und dieser Gegensatz ist kaum zu überbrücken. Ein Krebs mit seiner Grundstimmung kann die Wirklichkeit nicht akzeptieren, er ist ihr gegenüber labil. Immer und überall wird er von der Realität im wahrsten Sinne des Wortes verletzt, und daraus ergibt sich die Neigung, sich rasch zurückzuziehen, beziehungsweise gar nicht lange den Versuch zu machen, sich der Realität anzupassen. Schnell ist er von den Tatsachen erschrocken, schnell entmutigt. Unerträglich ist ihm jede Kritik. Er wird alles unternehmen, um sich gegen die feindliche Umwelt abzusichern. Deshalb strebt er eine berufliche Tätigkeit an, bei der er sich nicht zum Kampf stellen muß. Die ständige Kapitulationsbereitschaft und Verletztheit trägt dazu bei, daß die Mitwelt allmählich Rücksicht zu nehmen beginnt. Sie fügt sich der Gefühlstyrannei eines solchen Menschen und beginnt, sich auf ihn einzustellen. Vergeblich sind alle Harmonisierungsbemühungen, sollte man nicht selbst genügend Wasserzeichen im eigenen Horoskop besetzt haben, denn nur dann kann es zu einer Übereinstimmung der Gefühle mit dem empfindlichen Krebs kommen.

Drei Zeichen können im zehnten Haus stehen, denn der Krebs geht langsam auf. Der Widder, woraus sich merkbare Härte im Leben ergibt; der Mars schwächt die ständige Neigung des Sich-zurück-ziehen-Wollens ab, doch kann es zu recht zornigen Reaktionen kommen, zu energischer Verteidigung. Je nach Stellung des Planeten Mars ergeben sich berufliche Aussichten, die sehr vielseitig sein können. Aber auf alle Fälle bewirken zwei Cardinalzeichen eine kraftvolle Lebensgestaltung.
Stehen die Fische im zehnten Haus, dann ist von dieser kämpferischen Härte nichts zu bemerken, vielmehr kommt es zu einer oft Schaden verhindernden unglaublichen Elastizität. Steht der Wassermann im zehnten Haus, ist die Neigung, sich in die eigenen vier Wände zurückzuziehen, um so größer. Denn man versteht es dann meisterlich, auch noch Verstandeskräfte für die Krebs-Eigenschaften einzusetzen, und man wird recht eigensinnig seine Position zu verteidigen wissen.

Aszendent im Skorpion

Der unter dem Skorpion-Zeichen Geborene nimmt von der Umwelt Gefühlsschwingungen auf, die in ihm Reaktionen auslösen. Was auch immer er spürt, fühlt, erlebt, kann er nur als Spiegelbild seiner selbst wahrnehmen; alles, was die Umweltbeziehung ermöglicht, hängt von der Größe der Aufnahmefähigkeit ab. Er hat ungeahnte Gefühlskräfte gespeichert, mit denen er im wahrsten Sinn des Wortes gestalterisch wirken kann. Er ist um Anerkennung bemüht und hält dabei immer einen bestimmten sicheren Abstand zur Mitwelt, denn sonst wäre es um seine Individualität geschehen.

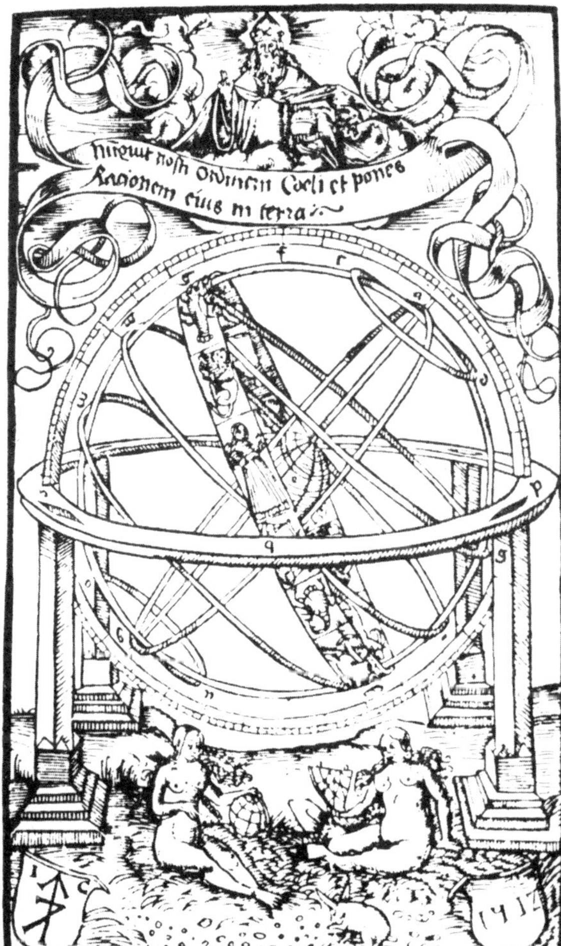

Das Modell des sphärischen Weltbilds
aus dem 15. Jahrhundert

Steht der Löwe im zehnten Haus, ist das Selbstvertrauen in die eigenen Gefühlskräfte groß. Mit einer guten Sonne können solche Menschen einen strahlenden Lebensweg gehen. Befindet sich aber an der Spitze des zehnten Hauses die Jungfrau, dann ist man schon wesentlich kritischer beim Einsatz der Kräfte, denn Kritik würde das Vertrauen in die eigenen Fähigkeiten tief erschüttern. Ein gut bestrahlter Merkur bürgt für verstandesmäßig erreichbare Erfolge. Der Entfaltung der eigenen Persönlichkeit kommt große Bedeutung zu, weil dadurch die stets vorhandene Eitelkeit befriedigt wird. Das geht so weit, daß sich völlige Befriedigung erst dann einstellt, wenn man der Mitwelt imponieren kann.

Aszendent in den Fischen

Die Fische sind ein ungemein schnell aufgehendes Zeichen; in hundert Minuten haben sie den Horizont passiert. Die unter diesem Aszendenten Geborenen sind also weniger zahlreich als andere. Dazu kommt noch die für Fische-Geborene so typische Eigenschaft, nicht hervortreten zu wollen. Wie soll man sie also bemerken?!

Mit der Mentalität, im Strom der Gefühle dahinzuleben, abhängig zu sein von allen nur möglichen Einflüssen, ohne sie verändern zu können, muß zu einer Art von passiver Haltung führen. Es ist schwer, in das Wesen solcher Menschen einzudringen, weil sie nicht bereit sind, ihr Innerstes zur Darstellung zu bringen. Bleibt der Fische-Mensch in seinem Gefühlsbereich ungestört, so geht er einigermaßen sicher durchs Leben. Der Schütze steht im zehnten Haus und es ergibt sich somit die eigenartige Beziehung, daß Jupiter sowohl den Aszendenten als auch das zehnte Haus beherrscht. Der ungeheure Glaube, der sich aus diesem Einfluß des Jupiters ergeben kann, verleiht eine Härte, die in seltsamem Kontrast zu der scheinbaren Wehleidigkeit steht. Solche Menschen können viel Leid ertragen und nehmen doch gleichzeitig Anteil an vielerlei Schicksalen. Unter ihnen sind geborene Wissenschaftler, sind sich selbst verzehrende Künstler, und auch in den metaphysischen Sphären werden sie sicheren Stand haben. Sie sind für das Amt des Priesters prädestiniert, denn für sie sind Lebenszusammenhänge klar, die anderen Menschen stets verborgen bleiben.

DER ASZENDENT IN DEN ERDZEICHEN

Aszendent im Steinbock

Unterm Steinbock-Aszendenten Geborene sind sich oft nicht klar, wo ihre Lebensziele liegen, doch ihre Rastlosigkeit und ihre Neigung zu Anstrengungen gibt ihnen das Gefühl, „etwas tun zu müssen“. In der Beziehung zur Umwelt ergibt sich eine feste Bindung, ein genaues Einhalten von Terminen, eine Fülle von Absprachen, um sich immer wieder genau orientieren zu können, ein Kult mit Daten und Erinnerungsstücken. Jedes Versprechen wird verläßlich eingehalten, überall wird darauf gesehen, Ordnung zu schaffen oder zu bewahren.
Die Spitze des zehnten Hauses kann von der Waage oder vom Skorpion gebildet werden. Durch beide Zeichen wird das sehr stark entwickelte Selbstbewußtsein gesteigert, man ist in sein Verantwortungs-

gefühl einzementiert, so daß man gar nicht erst die Meinung oder Beachtung der Mitmenschen nötig hat. Allerdings ist man für echte Anerkennung sehr empfänglich. Steht die Waage im zehnten Haus, dann ist man den Mitmenschen gegenüber einigermaßen tolerant und unter Umständen bereit, ihre Ratschläge anzuhören.
Regiert das fixe Skorpion-Zeichen das zehnte Haus, geht man ziemlich unbeirrbar seinen Lebensweg. Mit Sicherheit wählt man eine Berufssparte, die ein hohes Maß an Verantwortung und Pflicht bedingt und in der sich die Aussicht auf zukunftssichere Ämter und Würden ergibt.

Aszendent im Stier

Wer mit dem Aszendenten Stier ins Leben tritt, tut es mit großen Ansprüchen und echtem Besitzerstolz. Der erstreckt sich auf alles, angefangen beim eigenen Körper über Sprache, Elternhaus, Familienehre, Besitz bis zu Volk und Vaterland. Nur schwer kann sich solch ein Mensch von seinen traditionellen Bindungen lösen, denn neue Situationen vermitteln ihm Unsicherheit. Es beherrschen nach alt hergebrachter Einteilung die zwei Saturnzeichen Wassermann und Steinbock das zehnte Haus. Das ergibt eine ungemein akzentuierte Lebenshärte, wobei besonders der Steinbock mitunter eine Art von Sturheit ausstrahlt. Man wehrt sich gegen alles, was die eigene Einstellung zum Leben verändern könnte, ist geradezu aggressiv gegen jede Beeinflussung und vor allem nicht bereit, für die Mitmenschen Verantwortung zu übernehmen. Im Mittelpunkt steht einzig die eigene Person, und obwohl die Venus der Geburtsgebieter ist, kann es

vorkommen, daß man der Liebe durchaus abhold ist, denn jede zwischenmenschliche Bindung würde eine Abschwächung der eigenen Persönlichkeit nach sich ziehen.
Beherrscht der Wassermann das zehnte Haus, dann kommen gewaltige geistige Kräfte dieser Lebenseinstellung zunutze. Es kann daraus Eigensinn resultieren, zumindest aber eine Form von Unbelehrbarkeit. Man strebt mit Vorliebe einen Beruf an, der Ruhe und Sicherheit garantiert, um sich nebenbei vielen Beschäftigungen – von der Kunst bis zum einfachsten Hobby – widmen zu können. Mitunter tritt ein harter Egoismus auf.

Aszendent in der Jungfrau

Wer im Zeichen der Jungfrau geboren wurde, ist vorsichtig, denn Seele und Geist vertragen nicht alles. So kommt es zu einer Einstellung, die man am besten als Mimosenhaftigkeit bezeichnet. Sie ist eine Notwendigkeit zum Zwecke der Selbsterhaltung und dient als Beweis einer körperlichen, seelischen und geistigen Sauberkeit. Man ist sich der großen Verantwortung immer bewußt, die sich aus der rein materiellen Beziehung zur Umwelt ergibt. Das Krankmachende, Ungesunde, Unhygienische, auch Häßliche wird energisch abgelehnt und nur demjenigen Einfluß Raum gegeben, der dem Körper, der Seele und dem Geist zu nützen vermag. So ergeben sich im Lauf des Lebens Züge von Vorsicht und Pedanterie. Es mag seltsam erscheinen, daß der Mut, sich aus eigener Kraft eine Umwelt zu schaffen, einen Beruf zu erwählen, einen Lebensweg zu suchen, der alle günstigen Bedingungen beinhaltet, so gut wie immer fehlt. Die Jungfrau ist nun ein-

mal ein labiles Zeichen, und so wird man in dieser Welt der Materie irgendwo hingestellt, und dort muß man ringsum so Ordnung schaffen, daß es zu halbwegs erträglichen Umständen kommt.
Es kann das zehnte Haus entweder mit dem Stier oder mit den Zwillingen besetzt sein. Und wenn der fixe Stier es beherrscht, dann wird es meist gelingen, die Umwelt derart nachdrücklich zu beeinflussen, daß sie früher oder später den eigenen Lebensrhythmus annehmen muß.
Regiert aber Merkur als Herr der Zwillinge das zehnte Haus, ist man weitgehend bereit, der Umwelt gegenüber eine gewisse Versöhnlichkeit zu zeigen. Man strebt einen Beruf an, bei dem man keine zu großen Abstriche von den eigenen Vorstellungen machen muß. Die lebenslang bestehende Unzufriedenheit dieser Persönlichkeiten beruht auf der Unfähigkeit, sich kraftvoll dahingehend zu verwenden, daß wirklich ein allen geheimen Sehnsüchten entsprechender Rahmen geschaffen wird. Immer quält das Gefühl, in eine Tretmühle eingespannt zu sein, in eine ständige Auseinandersetzung mit der Umwelt. Selbst starker Sonneneinfluß ändert nicht viel an dem eigenartigen Bild der Jungfrau, das von Vorsicht, Umsicht, Hygiene, Pedanterie und der Lust, sich plötzlich zurückzuziehen, geprägt ist. Nicht leicht ist es, mit solchen Menschen auszukommen. Partner dieser Menschentypen müssen selbst sehr viel Verständnis für das rein Materielle mitbringen, um eine gedeihliche Ergänzung zu bilden.

Die Planeten

In unserem Sonnensystem beeinflussen einander alle Himmelskörper gegenseitig, erstens durch ihre Masse – darüber gibt das von Newton geschaffene Gesetz der Schwerkraft Auskunft – zweitens durch ihre Magnetfelder und drittens durch Partikel, wie etwa die für die Raumfahrt so gefährlichen Sonnenwinde.
Die Sonne ist von einer Art Plasma umgeben, das weit über die Jupiterbahn hinausreicht. Der Saturn liegt außerhalb dieser Sphäre und wurde nicht zu Unrecht bereits von den alten Sterndeutern als „Gegensonne" bezeichnet. Schon vor mehr als einem halben Jahrhundert waren sich die Physiker darüber einig, daß der Erdmagnetismus täglich Schwankungen durch das interplanetare Kraftfeld erleidet. Schwierig gestaltet sich jedoch die Antwort auf die Frage, welchen Einfluß jeder einzelne Himmelskörper auf uns Menschen hat. Bevor noch auf die Planeten eingegangen wird, soll festgehalten werden, daß die Sonne den stärksten Einfluß auf das bewußte Leben, auf die Lebenskraft hat. Dabei versteht man darunter weder die Gesundheit noch die Lebensdauer, sondern eine Höher- und Weiterentwicklung, also wie weit ein Mensch in der Lage ist, aus seinem Leben etwas zu machen. In welcher Weise sich nun die geistige Erlebenssphäre äußert, hängt ganz von der Zugehörigkeit eines Menschen zu einem der vier Elemente ab. So kann der eine bei starkem Sonneneinfluß vermehrt Hab und Gut erwerben, während ein anderer die Welt als Kampf-

DIE PLANETEN UND IHRE SYMBOLE

Jeder Planet wirkt in seinem Zeichen am kräftigsten

Planet	**Symbol**	**Herrscher im Zeichen**
Sonne	☉	Löwe
Mond	☽	Krebs
Merkur	☿	Zwillinge/Jungfrau
Venus	♀	Stier/Waage
Mars	♂	Widder/Skorpion
Jupiter	♃	Schütze
Saturn	♄	Steinbock
Uranus	⛢	Wassermann
Neptun	♆	Fische
Pluto	♇	Widder/Skorpion

platz der Willensströmungen erlebt; wieder ein anderer kann die Welt als alles umfassende Gefühlssphäre und ein vierter als eine Unzahl von geistigen Formen empfinden.

DIE SONNE – DIE REALITÄTSPRÜFUNG

Eine Schwächung des Sonnenprinzips macht sich in Kleinmütigkeit, Minderwertigkeitsgefühlen, mangelndem Selbstvertrauen bemerkbar, auch in der Fähigkeit, einen gewissen geistigen Standard zu erreichen. Steht die Sonne dann noch schlecht aspektiert in einem Horoskop, erreicht der Betroffene keine entsprechende Position und es kann sich sein Leben unter Umständen in rein vital-animalischen Bereichen abspielen.

Die Sonne kann in einem Horoskop in zwölf verschiedenen Tierkreiszeichen und in zwölf verschiedenen Feldern stehen, woraus sich zunächst einhundertvierundvierzig Möglichkeiten ergeben. Sie kann weiters unübersehbare Variationen von Aspekten empfangen. Es ist auch nicht unbedeutend, ob man zur Mittagszeit oder in tiefer Nacht geboren wurde. Die Deutung der Sonnenposition ist auf Grund dieser vielen Variationen natürlich äußerst schwierig.

DER MOND – RHYTHMUS UNSERES LEBENS

Der Mond reguliert und beeinflußt das ganze vegetative System. Essen und Trinken, Schlafen und Wachsein, die Vielzahl von Stimmungen, Launen und Gefühlen. Der Unterschied zur Sonne ist deutlich erkennbar, denn nicht das bewußte Denken, die geistigen Funktionen werden durch die Mondkräfte aktiviert, geformt und variiert, sondern die Summe aller vegetativen Funktionen, aller Tätigkeiten, die von vegetativen Steuerungen abhängig sind. Dabei

kommt es aber auch zu Übergängen vom rein Körperlichen über die seelischen Funktionen zur Welt des Geistes. Steht der Mond im guten Winkel zur Sonne oder zum Aszendenten, so ist dies der inneren Harmonie förderlich, Seele und Geist schwingen sozusagen im gleichen Rhythmus.
Bei Ebbe und Flut, diesen gewaltigen Naturphänomenen, ist man gerne bereit, den Einfluß des Mondes auf die Erde zu akzeptieren. Bei der Menstruation der Frau läßt man ihn gleichfalls gelten, und daß der Mond das Wetter beeinflußt, steht seit ewigen Zeiten fest. Daß sich die Aussaat nach den Mondphasen richten soll, hat Generationen von Bauern gute Ernten gebracht. Doch sonst will man ihm kaum mehr etwas zutrauen, obwohl Verkehrsstatistiken beweisen, daß sich bei bestimmten Mondstellungen die Zahl der Verkehrsunfälle auffallend erhöht. Die Wirkungen eines schwachen oder gestörten Mondprinzips reichen von der schweren Hysterie über alle Arten von Neurosen zu den allgemein seelischen Schwankungen, die sich als unerträgliche Stimmungen oder als Anpassungsschwierigkeiten äußern.
Vielleicht gerade deshalb, weil der Mond der Beherrscher der unbewußten Körperfunktionen und Rhythmen ist, wird seine Kraft den meisten Menschen nicht erkennbar.
Die Vielfalt der menschlichen Charaktere läßt sich allein schon daraus erklären, daß sich die Sonnenkräfte mit den Mondkräften auseinandersetzen müssen. Da es zwölf Tierkreiszeichen gibt, in denen Sonne und Mond stehen können, sind insgesamt einhundertvierundvierzig Mond-Sonne-Stellungen möglich. Man wird also bei jedem Menschen zuerst

nach der Stellung des Mondes und der Sonne zueinander zu sehen haben, woraus sich klar erweist, daß die reine Sonnenastrologie, bei der nur die Position der Sonne berücksichtigt wird, natürlich oft völlig unzureichend ist.
Warum dem Mond bei der Deutung der Planeten eine besondere Stellung zukommt, ist dadurch begründet, daß der Mond sozusagen als „Vorratskammer“ aller Möglichkeiten gilt. Der Aufbau der Persönlichkeit, der Individualität, kann sich in den verschiedensten Formen vollziehen. Er kann im Einklang mit den Mondkräften stehen, er kann durch Mondkräfte gehindert oder gefördert werden, schließlich muß man auch mit Gegensätzen rechnen. Bei allen diesen Betrachtungen wird man sich stets vor Augen zu halten haben, daß des Menschen vegetative Funktionen und die Steuerung durch Mondkräfte zuerst vorhanden sind und die Weiterentwicklung zu einem „Ich“ erst später einsetzt. Ist die Sonne stark und mächtig gestellt, dann wird das ererbte Verhalten überwunden und mehr oder weniger in die Gesamtpersönlichkeit eingebaut. Ist die Sonne aber schwach, ist sie ungünstig bestrahlt und nicht in der Lage, das Ererbte zu überwinden, dann wird sich das Vegetativum gleichsam selbständig machen und es sind dann Reaktionen jenseits des klaren Bewußtseins möglich.
Wie weit unsere persönliche Freiheit geht, unser Leben zu gestalten, das entscheidet die etappenweise Freilegung der Sonnenkräfte in uns, die Scheidung von den Mondkräften.
Die geistige Geburt beginnt in der Regel um das zweite Lebensjahr. Es war schon den antiken Astrologen bekannt, daß ein grundsätzlicher Unterschied

zwischen Tag- und Nachtgeburt, aber auch innerhalb verschiedener Mondphasen besteht. Die irdische Magnetosphäre dehnt sich auf der Nachtseite bis weit hinter die Mondbahn aus, während die der Sonne zugewandte Seite flach zusammengedrückt erscheint. Die elektromagnetische Landschaft ist daher auf der Tagseite anders als auf der Nachtseite, wodurch sich eine individuelle Wirkung auf den Geborenen ergibt.

Die Sonne kann in einem Horoskop entweder in der Hälfte des Himmels über dem Horizont stehen, dann erfolgte die Geburt bei Tag. Zwei Mondstellungen sind dazu möglich: Der irdische Trabant kann entweder ebenfalls in der Taghälfte stehen oder aber unter dem Horizont. Bei Nachtgeburten steht die Sonne in einem der sechs Häuser unter dem Horizont. Wieder kann es dazu zwei Mondphasen geben, nämlich eine in der Tages- und eine in der Nachthälfte. Bedenkt man, daß der Mensch in den ersten zwei Lebensjahren nur seiner Mondnatur gemäß lebt, vegetativ reagiert, dann ist es verständlich, daß diese vier Mond-Sonne-Beziehungen in unser aller Leben eine bedeutende Rolle spielen.

I. Steht die Sonne über dem Horizont und der Mond darunter, dann tritt der ideale Fall ein, daß die Sonnenkräfte ungehemmt wirken. Es gelingt leichter, die Trennung der Ichkräfte vom Erbgut vorzunehmen. Man hat das Glück, sich rasch und ungehemmt in seiner Persönlichkeit entwickeln zu können. Dies ist z.B. bei Mondoppositionen der Fall, die in alten Astrologiebüchern immer als etwas Negatives bezeichnet werden, in Wirklichkeit aber die klare Trennung zweier Prinzipien darstellen. Später im Leben, wenn sich die Persönlichkeit ent-

„Frau Luna und ihre Kinder" –
aus einem Hausbuch um 1480

wickelt hat, verstehen es diese Menschen meist sehr gut, Mond- und Sonnenprinzip zu vereinigen, so daß bei ihnen von einem harmonischen, positiven Wesen gesprochen werden kann.

II. Wenn Sonne und Mond über dem Horizont stehen, sind die Kräfte des Mondes stärker entwickelt, da sie nur eine relativ dünne Schicht der Magnetosphäre zu durchdringen haben. In diesen Fällen haben die Kräfte des Erbgutes lange Zeit die Oberhand, die Ichfindung ist erschwert. Innerlich fühlt man sich immer wieder unfrei. Dabei kommt der Position der Himmelslichter große Bedeutung zu; steht beispielsweise die Sonne im Löwen, der Mond aber in der Waage, dann wird die Sonnenkraft stärker zum Ausdruck kommen. Steht aber der Mond im Krebs und die Sonne in der Jungfrau, dann ist die Kraft des Mondes ungleich stärker, und man wird es einigermaßen schwer haben, sein inneres Gleichgewicht zu finden.

III. Bei einer Nachtgeburt – Sonne unter dem Horizont, Mond darüber – haben wir jenen Fall vor uns, bei dem die genetischen Anlagen, der unermeßliche Erfahrungsschatz der Vergangenheit, ständig das Gewissen aktivieren. Man ist allen seelischen Regungen gegenüber ungemein empfindlich und aus diesem Grund wird die innere Freiheit nur mit Mühe erworben. Stets problematische Entscheidungen, Selbstkritik und die Tatsache, daß man seine Persönlichkeit nicht so entwickeln kann, wie man es gerne möchte, schafft mitunter lebenslange Unzufriedenheit.

IV. Schließlich können beide Himmelslichter unter dem Horizont stehen. In diesem Fall ist die Kraft der Sonne wie auch des Mondes durch die überdimen-

sionierte Magnetosphäre geschwächt und gehemmt. Hier sind die Wirkungen des Erbgutes einigermaßen kräftig, die Ichfindung mit dem Aufbau der Persönlichkeit ist nicht allzu wichtig. Man nimmt das Leben, so wie es eben ist, es fehlt der Antrieb, es zu verändern. Hier sind die Symptome der Nachtgeburt in der markantesten Form ausgebildet.
Stehen alle anderen Planeten womöglich auch unter dem Horizont, dann ist es schwer, sich frei zu entwickeln; man bleibt sozusagen lebenslang im Dunkel. Stehen aber die anderen Planeten kräftig in der Tageshälfte, so gelingt es, der Position der beiden Himmelslichter zum Trotz, einen wohl etwas bizarren, aber dennoch sehr individuell gefärbten Charakter aufzubauen.
Es sei nochmals darauf hingewiesen, daß sich aus der Position des Mondes und der dazugehörigen Stellung der Sonne, aus diesen einhundertundvierundvierzig Möglichkeiten, die Grundstruktur der menschlichen Persönlichkeit ablesen läßt. Es ist dies gewiß das schwierigste Unterfangen der Horoskopdeutung. Während es bei allen anderen Planeten lange nicht so schwer ist, genaue Angaben zu machen, die dann individuell verwertbar sind, ist eine genaue Analyse des Mondes und damit der ganze Komplex der Ichfindung an grundlegende Kenntnisse der Astrologie gebunden. Dem aufmerksamen Leser sei daher als Richtschnur empfohlen, festzustellen,

1.) welche der vier Mond-Sonne-Stellungen zum Horizont vorliegt;

2.) welche Qualität die Tierkreiszeichen haben, in denen sich Sonne und Mond befinden, und danach eine Synthese der gewonnenen Einzelheiten herbeizuführen. Das ist natürlich nur mit einiger Übung möglich und erfordert immer einen persönlichen Kontakt mit dem Horoskopbesitzer.

MERKUR – DER VERMITTLER

Dieser kleine, sonnennächste Planet, der in 88 Tagen unser Zentralgestirn in einer exzentrischen Ellipse umrundet, vermag verschiedenste Kräfte aneinander zu binden, wodurch er den Menschen zur Vielseitigkeit befähigt. Je nach der Stellung in einem Tierkreiszeichen wird alles, was Merkur vermittelt, entsprechend den Kräften sein, die durch den jeweiligen Abschnitt zur Geltung kommen. Er kann daher das Materielle genauso miteinander verknüpfen wie die geistigen Elemente, die Willensfunktionen ebenso wie die Vielfalt der Gefühle.
Festzustellen ist, daß der Planet Merkur mit seiner Stellung im Horoskop nichts über die angeborene Verstandesqualität aussagt, denn die geistigen Anlagen werden durch das Keimplasma bestimmt. Wie aber diese geistigen Anlagen gebraucht werden, das bestimmt Merkur. Die Sonne baut die Ichkräfte des Menschen auf, die geistige Geburt steht in einer klaren Beziehung zur Sonne, Merkur vermittelt die Informationen.
Man möge dabei stets bedenken, daß der Merkur niemals weiter von der Sonne entfernt sein kann als 28 Grad und daher nur eine beschränkte Zahl von Kombinationen möglich ist. Die Sonne, die in einem bestimmten Tierkreiszeichen steht, wird immer nur von einem Merkur begleitet sein, der entweder im selben Tierkreiszeichen oder in dem

links oder rechts von diesem liegt. Es kann daher für jedes Tierkreiszeichen immer nur einen Merkur mit dreifacher Sonnenqualität geben.
So wie Merkur im Altertum der Gott der Kaufleute, aber auch der Hehler, Betrüger und Diebe war, ist das gute und schlechte Merkurprinzip zu unterscheiden. Es bedarf im Lauf des Lebens oft gewaltiger Anstrengungen, um negative Merkureinflüsse auszugleichen.

Merkur in den Feuerzeichen

Ein rasches und präzises Urteil wird selten einer kritischen Prüfung unterzogen und kann somit leicht einem Irrtum unterliegen. Steht auch die Sonne in einem Feuerzeichen, dann wird dafür gleichgültig ob das, was erkannt wurde, richtig ist oder nicht, rein verstandesmäßig eine Begründung gesucht und gefunden, wodurch sich manche Irrtümer verstärken können. Die Sonne im Wasserzeichen lenkt die Aufmerksamkeit mehr auf entsprechend offensichtliche, aber nicht ganz eingestandene Wünsche, was der Volksmund mit dem Satz „Der Wunsch ist der Vater des Gedankens“ auszudrücken pflegt. Steht schließlich die Sonne in einem Erdzeichen, bestimmen vorwiegend materielle Erwägungen die Urteilsfähigkeit.
Es sind zunächst drei Qualitäten Merkurs zu erkennen, wenn er im Widder, Löwen oder Schützen steht. Dem Anfänger sei geraten, immer die Merkurposition getreu dem besprochenen Schema zu überdenken. Bei dieser Position fehlt die Sonne in einem Luftzeichen. So weit kann ein Merkur in einem Feuerzeichen niemals von der Sonne entfernt sein, daß sie in einem Luftzeichen zu stehen käme.

Merkur im Widder läßt den Informationsdrang, der einem Menschen innewohnt, durch die Willensqualität anwachsen. Teils beherrscht ihn Neugier, teils echtes Streben nach Wissen. Solche Menschen bringen meist für viele Gebiete größtes Interesse auf. Dabei schaffen rasch gefällte Urteile immer wieder Konfliktsituationen, die der Widder nach dem Motto, Angriff ist die beste Verteidigung, zu überwinden trachtet. Steht die Sonne in den Fischen, glaubt man, sich in jeder Hinsicht in den Mitmenschen einfühlen zu können, doch eine einmal gefaßte Meinung ist schon deswegen schwer zu korrigieren, weil sie mit einer beträchtlichen Gefühlskomponente beladen ist. Vernünftigen Erwägungen ist man in einem solchen Fall kaum zugänglich. Anders dagegen wirkt eine Stier-Sonne, denn hier überwiegt die Tendenz, alles beim alten zu lassen, auch wenn Merkur mit noch so großen Ambitionen neue Verbindungen sucht, die sich aber im Grunde bloß als pure Neugier erweisen.

Mit dem **Merkur im Löwen** wird dem Menschen das Gefühl der Selbstsicherheit vermittelt. Die getroffenen Urteile sind von vornherein richtig, darüber braucht man erst gar nicht zu diskutieren. Rasch entwickelt sich daraus Großspurigkeit. Es fehlt nicht an Humor, wenn auch die Sonne im Löwen steht; man fühlt sich wohl und will die kostbare Lebenszeit nicht nutzlos mit Haarspaltereien verkürzen. Mit einer Krebs-Sonne ändert sich das Bild, denn hier sind Wünsche vorhanden, die sich mit der Selbstsicherheit nicht mühelos vertragen, so daß mitunter leichter Pessimismus aufkommt. Werden aber durch die Sonne im Merkurzeichen Jungfrau beachtliche Verstandeskräfte geweckt, so

werden die Informationen immer richtig sein, dann hat man für unklare Situationen kaum Verständnis. Solche Menschen besitzen kaum Phantasie, da diese nur die Klarheit der Urteilsbildung trüben könnte.
Merkur im Schützen wird vom Jupiter beherrscht, hier sind also Gegensätze vorhanden, und Merkur in diesem Zeichen ist recht häufig nicht in der Lage, Informationen richtig zu vermitteln oder auch nur ausreichend zu beurteilen. So entsteht die Leichtgläubigkeit aber auch Rechthaberei. Besonders mit der Sonne im Schützen wird die Kraft des Glaubenkönnens, des Glaubenwollens sehr groß; dadurch verstärken sich die Diskrepanzen zur Realität. Kommen durch die Sonne im Skorpion starke Gefühlskräfte dazu, vermag man die Mitmenschen von den eigenen Ansichten zu überzeugen. Mit einer Steinbock-Sonne liegt die Gefahr von Starrköpfigkeit, Querulantentum und Rechthaberei gefährlich nahe.

Merkur in den Luftzeichen

In der Sphäre des Geistes fühlt sich der Merkur-Mensch in seinem Element. Die Informationen strömen ihm aus den drei Zeichen Waage, Wassermann und Zwillinge in reichem Maße zu.
Mit dem Merkur in der **Waage** werden Verbindungen zu allen nur möglichen Begriffen gefunden, und diese Vielfalt an „geistigen Bausteinen" eröffnet die Möglichkeit, sich immer und überall gut auszudrücken. Sowohl in Wort und Schrift wie auch in künstlerischer Hinsicht läßt sich reiche Begabung feststellen, und zwar besonders dann, wenn die Sonne in der Waage steht. Mit der Sonne im Skorpion wird die Ausdrucksfähigkeit noch gesteigert, weil aus dem Gefühlsleben musische Elemente

dazugemischt werden. Mit einer Jungfrau-Sonne gibt es mehr gedankliche Pedanterie, eine noch bessere Systematik in der Verwendung sprachlicher Begriffe, sehr oft werden Theorien entwickelt, bestens ausgestattet mit logischen Argumenten.
Merkur im **Wassermann** steigert die Fähigkeit, Begriffe zu finden und sie miteinander zu verknüpfen; gleichzeitig distanziert man sich von der Wirklichkeit, es kommt zu einer Abkapselung von der Außenwelt. So prachtvoll die Gedankenketten sein mögen, es fehlt ihnen doch die Beziehung zur Realität. Dieser Mangel wird noch verstärkt, wenn die Sonne im Wassermann steht. Hingegen gibt die Fische-Sonne die Möglichkeit, Gedanken von außen aufzunehmen und sich diese zu eigen zu machen. Es kommt zu einer Verschmelzung von Gedankensystemen, womit natürlich immer eine weit größere Bindung an die Wirklichkeit gegeben ist. Eine Steinbock-Sonne aber verhärtet das Gedankensystem und erschwert den Gedankenaustausch mit der Umgebung.
Ganz anders wirkt der Merkur im Zeichen der **Zwillinge,** wo er sein Domizil hat. Alles Vorhandene wird miteinander verbunden. Es wird erkannt, daß jedes Ding zwei Seiten hat, weshalb zu prüfen ist, welche Seite die bessere ist. Die Sonne im Zwillings-Zeichen kann zusätzlich befruchtend wirken, weil sie allein alles aufdeckt und den Gedanken zugänglich macht; sie kann aber auch durch die auf diese Weise entstehende Unsicherheit eine schwankende Lebensposition geben. Bei einer Krebs-Sonne, diesem aktiven Gefühlspotential, ist die Phantasie das Grundelement, und Merkur muß alles Notwendige zum Austoben der Phantasie lie-

Symbolfiguren für Mond (Luna) und Merkur –
Holzschnitt aus dem Jahr 1512

fern. Da ist die Stier-Sonne schon etwas günstiger, weil sie nicht zuläßt, daß der materielle Untergrund durch gedankliche Spekulationen immer wieder in Frage gestellt wird.

Merkur in den Wasserzeichen

Steht Merkur in Krebs, Skorpion oder Fische, kann die Sonne dazu entweder gleichfalls in einem Wasserzeichen oder in einem Feuer- oder Luftzeichen stehen. Niemals gibt es die Verbindung dieses Merkur mit einer Erdensonne, womit ein Prinzip feststeht: Alles mag hier vorkommen, nur nicht das klare, direkt auf die materielle Wirklichkeit gerichtete Denken. Und je blässer diese Wirklichkeit wird, je unwirklicher sie wahrgenommen werden kann, um so kraftvoller entwickelt sich der „erfinderische" Denkmechanismus. Versponnen in solch ein erfinderisches Denken, werden Zeit und Raum überbrückt und dabei geniale Konzepte geschaffen. Unter solchem Einfluß entstand die Einsteinsche Relativitätstheorie, entstanden Dramen, Opern, Operetten und Musicals. Verstärkt werden die merkurischen Kräfte, wenn sich auch die Sonne in einem Wasserzeichen befindet; dann bewegt sich das Denken in scheinbar unbegrenzten Sphären. Mit einem Merkur im Zeichen **Krebs** ist der seelische Bereich groß und geräumig, es besteht bei guter Aspektierung ein hervorragendes Informationsvolumen, aus dem immer wieder Einfälle wie Blitze die Sphäre des Denkens illuminieren. Das wirkt sich im Leben vorteilhaft aus, da man die Meinung der Mitmenschen verstehen und interpretieren kann. Mit der Sonne im Krebs wird diese Fähigkeit in erster Linie zum Aufbau einer Sicherheitszone gebraucht. Schließlich fühlt sich der Krebs ja in allen Punkten seiner Lebenssphäre verletzbar. Steht die Sonne im Zeichen der Zwillinge, so ist eine Mischung mit rein theoretischem Denken gegeben, das die Phantasie glaubhafter und realer gestalten kann. Und mit einer Löwen-Sonne kommt echter, liebenswürdiger Humor auf.

Während die meisten Menschen im Leben an vielen Chancen vorbeigehen, weil sie das Ausmaß ihrer Möglichkeiten gar nicht erfassen, kann der von einem **Skorpion-Merkur** gelenkte Denkmechanismus alle Zusammenhänge entdecken, die ihm nützlich werden. Steht die Sonne auch noch im Skorpion, dann ist der Erfindergeist besonders hoch entwickelt und macht sich immer wieder durch impulsives Wünschen bemerkbar. Man weiß, was man begehren kann, und setzt dafür alle Kräfte ein. Im Fall einer Waage-Sonne werden die Wünsche so vorgebracht, daß hinter einfach gesprochenen Sätzen die ganze Kraft des Wunschdenkens fühlbar wird. Solche Menschen können mit ihren Reden spielend die Menge in ihren Bann ziehen. Schließlich kann bei einem Skorpion-Merkur die Sonne im Zeichen des Schützen stehen, so daß bei allen Wünschen überdies die aus diesem Feuerzeichen stammenden ethischen Motive eine Rolle spielen. Im passiven Zeichen der **Fische** vermag der Merkur aus allen Lebensgebieten Informationen aufzunehmen und sie miteinander zu verknüpfen. Mit einem Mal drängt sich bei solchen Menschen aus dem Unbewußten ein Einfall ins Bewußtsein, verknüpft sich mit Informationen von außen und das Ergebnis sind Ideen für neues Schaffen, für Innovationen. Steht die Sonne im Widder, verfügen solche Menschen durch ihre Assoziationsbegabung über eine beachtliche Durchschlagskraft. Im Wassermann gibt die Sonne die Fähigkeit, den Reichtum an Assoziationen geistig umzumünzen in eine glückliche Sprachbegabung. Man kann mit jedermann in seiner Sprache reden und findet daher überall Verständnis.

Merkur in den Erdzeichen

Ein Denken, das seine Informationen der Realität entnimmt, mit deren Hilfe man lernt, das Leben so zu nehmen, wie es ist und nicht anders, bei dem jegliche Phantasterei wegfällt und Gefühle nicht den Hintergrund für den Ablauf der Gedanken bilden. Ein solches Denken vermittelt der Merkur im Steinbock, im Stier oder in der Jungfrau. Die Sonne kann bei einem Erd-Merkur nur in einem Feuerzeichen oder in einem Luftzeichen stehen. Eine Beziehung zur Sphäre der Gefühle ist bei diesem Mechanismus nicht möglich. Der Blick ist auf das gerichtet, was tatsächlich geschieht, ungetrübt von Stimmungen, Gefühlen, Ahnungen. Diese Nüchternheit mag ihre Vorteile haben, sie ist aber sicher für manchen farbigeren Mitmenschen erschreckend in ihrer Dürftigkeit und Simplizität.
Der Merkur im **Steinbock** fördert die Informationsgewinnung, doch was im Nebenmenschen vorgeht, wird nicht erfühlt, dafür fehlt im wahrsten Sinn des Wortes das Interesse. Steht auch noch die Sonne im Steinbock, ist eine perfekte Übereinstimmung zwischen Denken und Handeln gegeben. Mit einer Schütze-Sonne kombiniert, ist der Steinbock-Merkur in der Lage, für seine Informationstätigkeit auch immer gleich Argumente zu gewinnen. Dazu

kommt eine möglichst gerechte Lebenseinstellung mit kämpferischem Akzent. Anders läßt die Wassermann-Sonne den unter ihr Geborenen reagieren. Bei ihm stellen sich sofort logische Beweisgründe ein, wenn es um die Widerlegung fremder Positionen geht. Intoleranz, auswegloses Verrennen und folglich Isolierung sind die negativen Auswirkungen dieser Haltung. Der Merkur im **Stier** begünstigt ein Denken, das eine gewisse Unveränderlichkeit zeigt. Man hat sich ein Lebensschema zurechtgelegt, das sich allen Situationen ohne besondere Mechanismen anpaßt. Das ist bequem, aber nicht immer vorteilhaft. Denn es fehlt die Beweglichkeit des Geistes, sich auf Veränderungen entsprechend einzustellen. Ist einmal ein Lebensweg gewählt, gibt es keine großen Veränderungen mehr. Die Entwicklung geht nur mehr in die Tiefe, da werden die wertvollsten Erkenntnisse gewonnen, besonders mit der Sonne im Stier. Mit einer Zwillings-Sonne werden in das feste Denkschema neue Gedanken eingebaut, wodurch es zum regen Informationsaustausch kommt. Anders die Widder-Sonne, die zufolge ihrer richtungsweisenden Willensimpulse gelegentlich Objektivität vermissen läßt.

Im Zeichen der **Jungfrau** ist Merkur in seinem Domizil, hier gewinnt das Denken eine überaus realistische Note. Denn im Vordergrund steht die Ökonomie des Denkens, verstärkt noch dazu bei einer Jungfrau-Sonne, womit man sich im Leben sehr wohl behaupten kann, weil man vor Überraschungen gesichert ist. Mit der Waage-Sonne kommt ein stärkeres Element der Logik hinzu, weil man die Dinge beim richtigen Namen zu nennen versteht. Anders die Löwe-Sonne, die die Dialektik etwas bremst und eine gewisse Souveränität des Denkens bedingt; etwa nach dem Motto: es genügt, sich ausreichend zu orientieren und das eigene Denken wohl zu ordnen.

VENUS – DIE GLÜCKSBRINGERIN

Die Möglichkeit, so zu leben, daß der Augenblick in seiner ganzen Fülle, in seiner Komplexität genossen werden kann! Wer in der Lage ist, bei jeder Gelegenheit das zu tun, was in diesem Augenblick das beste ist, wer ohne Bitterkeit, ohne Gedanken an die Vergangenheit oder Zukunft das Heute akzeptiert, wer ganz einfach in den Tag lebt, wird Zufriedenheit und Glück empfinden. Zuviel Venus-Einfluß führt ins Negative: Da ist der Mensch, der skrupellos die Gegenwart genießt, der kein Verantwortungsgefühl kennt, dessen Wort nichts gilt, der Verpflichtungen nicht anerkennt. Reue ist ihm ein Fremdwort und für das Wohlergehen des Augenblicks ist er seine ganze Zukunft zu opfern bereit. Zuwenig Venus-Einfluß zeigt die ewigen Grübler, die von Skrupeln Gepeinigten, die Unglücklichen, die alles für bare Münze nehmen und sich niemals dem Zauber einer Stimmung hinzugeben vermögen. Früher hat man die Venus einfach als das weibliche Prinzip bezeichnet, als den empfangenden Teil; heute, in den Begriffen der modernen Psychologie, wird man von Aufmerksamkeit, Aufnahmebereitschaft, Hingabefähigkeit sprechen können. Diese Eigenschaften sind unmittelbar gegenwartsbezogen, daher ist das Venus-Prinzip auf den Augenblick eingestellt. Es ist Lebenskunst, nach dem Venus-Prinzip richtig zu leben. Weitaus das meiste Unglück entsteht durch

Schon frühe Darstellungen zeigen Venus als weibliches Prinzip und Gebieterin der Liebe

falsche Erwartungen, durch falsche Aufmerksamkeit und durch Lusthunger. Die Gier nach Genußmitteln ist nichts anderes als der unverblümte Ausdruck eines gestörten Venus-Prinzips.

Venus in den Feuerzeichen

Das Venus-Prinzip – den Augenblick richtig zu leben – wird in der Sphäre des Willens nicht voll zur Wirkung kommen. Denn der Wille ist in die Zukunft gerichtet, lenkt also von der Gegenwart ab und kann so mächtig werden, daß die Bedeutung des Augenblicks sogar schwindet. Eine Kombination dieser beiden Tatsachen, wenn die Venus in einem Feuerzeichen steht, ist so zu verstehen, daß Glück sich erst dann einstellt, wenn etwas Bestimmtes erreicht ist. Fordernde Liebe mit ihren Ansprüchen wird hier nicht auf bedingungslose Hingabe treffen. Besonders deutlich kommt dieses Verhalten, das fast zu einer Art Unnahbarkeit werden kann, im Zeichen Widder zur Geltung. Es sind im wahrsten Sinne des Wortes Hemmungen vorhanden, weil man sich stets irgendwelche moralische Forderungen vor Augen hält und weil diese die ruhige Hingabe stören, die glücklich machen könnte. Nur bei der Venus im Löwen wird die Lebensfreude aktiviert, denn der ruhende, nicht expansiv nach der Zukunft greifende Wille, verstärkt das Streben nach dem Augenblicksgenuß.

Venus in den Luftzeichen

Es gibt vier Grundformen der Partnerschaft. Man kann sich im Sinnlich-Erotischen bestens verstehen, man kann eine Gemeinschaft auf Grund gleicher vegetativer Rhythmen aufbauen, man kann eine echte Herzensbindung finden, und schließlich, wohl am häufigsten, wird eine gewisse geistige Übereinstimmung die Basis für das Sichfinden sein. Eine Venus in der Sphäre des Geistes, also in der Waage, im Wassermann und in den Zwillingen, sucht eine enge Beziehung zum Mitmenschen in erster Linie jenseits des rein Sinnlichen. Das Ideal ist der Gleichklang der Weltanschauung und der Lebenshaltung. Wenn beides vorhanden ist, dann wird das Sexuelle bemerkenswert freizügig behandelt, denn es steht ja nicht entscheidend im Vordergrund. Die Illusion der Verbindung, die Bezugsperson als Idealbild – und nicht als Sexualpartner – macht das Wesentliche aus. Wenn Menschen, deren sexuelle Bande sich gelöst haben oder die nie zu völliger Hingabe bereit waren, ihre Freundschaft anbieten, ist das bei einer Venus im Luftzeichen glaubhaft und möglich. Auf dieser Basis können echte Freundschaften für ein ganzes Leben entstehen.

Venus in den Wasserzeichen

Hier spielt sich alles in der Welt der Gefühle ab, das begehrte Ziel ist immer und überall die Vereinigung der Seelen. Niemals können sich aber die von diesen kosmischen Kräften erfüllten Gefühlsreservoire miteinander verbinden, daher ist und bleibt das Grundelement des Venus-Erlebnisses die Sehnsucht. Sie ist charakterisiert durch Glück im Unglück, durch alles denkbare Leid, das dennoch den Menschen soviel zu geben vermag. Das Himmelhoch-Jauchzen und gleichzeitig Zu-Tode-betrübt Sein, die Ambivalenz der Gefühle, kennzeichnet die Venus in den Wasserzeichen. Was auch immer an Hingabe möglich ist, trägt sofort den Stempel der

Vergänglichkeit, niemals wird das erfüllt, was man erträumt, ersehnt, begehrt. In der Sphäre des Wassers, in der Gefühlswelt, gibt es keine Grenzen; man spürt immer nur das Werden und Vergehen, die Funktion des Lebens, die bereits vom Tod gezeichnet ist, das Sterben als Beginn eines neuen Lebens. So kommt es zu der unendlichen und für denjenigen, der nicht aus einem Wasserzeichen seine Kraft bezieht, nichtbegreifbaren Tiefe der Erlebnisse.

Venus in den Erdzeichen

Während das Erleben in der Sphäre des Geistes, in der Gefühlswelt und in den Bereichen des Moralischen, des Willens keine klaren Grenzen kennt und immer Ausweichmöglichkeiten gegeben sind, um durch diese drei Erlebnisregionen der Wirklichkeit zu entfliehen, ist das den Menschen, die der Erd-Venus zugehören, versagt. Denn wird der materielle Wunsch eines Menschen mit einer Erd-Venus nicht erfüllt, dann ist das schmerzlich, mehr noch, dann kann es zu schweren seelischen Verletzungen kommen. Denn es gibt keine Rückendeckung durch Flucht, man kann sich den Tatsachen nicht entziehen. In solchen Fällen wird es schwer sein, auf dem Lebensweg jene Einstellung zu gewinnen, mit deren Hilfe man Zufriedenheit finden kann.

MARS – KRAFTVOLLER BESCHLEUNIGER

Mars ist das Prinzip der verändernden Kraft und der Beschleunigung. Er läßt Neues entstehen, aber zuvor Altes sterben. Daher gilt Mars als Gott des

Krieges, als Prinzip der rohen Gewalt, der Zerstörung, eng verbunden mit dem Tod, der rasch, grausam und gewaltsam eintritt. Zum Mars-Prinzip gehört auch das kühne Wagen und die Tapferkeit. Mit einem schlecht aspektierten Mars wird dieser Mut vielleicht in Tollkühnheit, in rasenden Jähzorn ausarten. Mars hält sich an eine harte Regel: Würde das Alte nicht zerstört, wo wäre noch Platz für das Neue. Nichts auf Erden hat dauernden Bestand.
Die alte Erkenntnis, daß Mars als Triebfeder des Sexuellen fungiert, ist durchaus verständlich. Denn mit dem Erwachen der Sexualfunktion wird der Mensch gedrängt, sich in die Umwelt zu integrieren, er muß früher oder später einen Partner suchen und finden, sollen all seine Mars-Kräfte nicht nutzlos vergeudet werden. In Wort und Schrift, in Gedanken und Gefühlen, Theorien und Plänen schafft er sich dafür die Möglichkeit.

Mars in den Feuerzeichen

In diesen Zeichen, die der Sphäre des Willens zugeordnet sind, dominiert die Kraft zur Entscheidung, gleichzeitig auch das Ausmaß der sogenannten Ideale. Je nach dem Bildungsgrad eines Menschen, seiner moralischen und sittlichen Reife, seiner Einstellung zum Leben ergibt sich, für welche Ziele er sich einsetzt. Mit Mars in einem Feuerzeichen ist man eine Autorität. Die sichere Grundlage für jede Entscheidung gibt die Erkenntnis von gut und nicht gut, ein Wertschema, das freilich großen subjektiven Schwankungen unterworfen ist.
Am stärksten wirkt verständlicherweise der Mars im **Widder,** denn in diesem Zeichen hat der rote Planet sein Domizil. Im Zeichen des **Löwen** wirkt

*Mars als Herr über Zerstörung und Tod –
diese Vorstellung galt bereits
in früher historischer Zeit*

der Mars eigenartig verstärkend auf das ganze Wechselspiel der Bestrebungen, so daß stets eine Art von Überdruck herrscht. Dem Schützen bringt der Mars besondere Energie, um vorgefaßten Zielen zum Durchbruch zu verhelfen.

Mars in den Luftzeichen

Auch in den Gegenzeichen zum Feuertrigon repräsentiert der Mars das Wollen und damit das Tun, das Handeln. Doch ehe es dazu kommt, muß erst die Entscheidung getroffen werden, deren Grundlage geistige Aktivitäten sind. Man muß denken, muß überlegen, es geht dabei nicht um Recht oder um echtes oder vermeintliches Unrecht. Das ist dem theoretischen Denken in den Zeichen Waage, Wassermann und Zwillingen nicht bedeutsam. Es wird immer versucht, eine Grenze zu ziehen, zwischen der Wahrheit und dem Falschen. Erst dann, wenn ein klares Erkennen möglich ist, kommt es zu Aktionen. Doch es kann lange dauern und die Mars-Energien können in der Gedankensphäre ununterbrochen im Sinn einer Kritik wirksam sein. Immer wieder zu prüfen, ob es auch wirklich wahr ist, was man in der Umwelt gesehen und erlebt hat, ja selbst die eigene Kritik in Frage zu stellen – das alles ist das besondere Merkmal dieser Konstellation.

Mars in den Wasserzeichen

Die gefühlsmäßige Einstellung eines Menschen zu seiner Umwelt, zu seinen Mitmenschen, drückt sich bekanntlich in Zuneigung oder Abneigung aus. Es läßt sich nicht begründen, wie solche Einstellungen zustande kommen, wie es zu dem Phänomen von

Sympathie und Antipathie kommt. Man ist mit einemmal in einer Richtung gestimmt, man bezieht gefühlsmäßig eine Position, die zumindest einige Zeit beibehalten wird. Mars tobt sich sozusagen in den Gefühlsschwankungen aus, er präzisiert, er aktiviert die seelischen Entscheidungen, die mit Spannung und Entspannung einhergehen. Es ist kaum möglich, die Schwankungen im Seelischen, die gefühlsmäßigen Entscheidungen rational zu erfassen, ja sie sind in der Regel im wahrsten Sinn des Wortes unverständlich. Sie sind eben vorhanden, sie imponieren durch ihr Wechselspiel, und es ist begreiflich, daß die Mitwelt immer in den Bannkreis solcher seelischen Aufladungen und Entladungen gezogen wird. Denn wer könnte sich diesem Wechselspiel entziehen? Der Betroffene ist im Grunde das Objekt jener Gefühlsenergien, die vom Mars ausgehen. Mars wirkt im Zeichen Krebs so stark, daß alle Umwelt mitzuleiden hat.

Mars in den Erdzeichen

Gibt es eine Grenze für das Wünschen, das Wollen, das Denken? Kann ein Mars, wenn er in einem Wasser-, Feuer- oder Luftzeichen steht, seine Kraft ins Unendliche verströmen? Gedanken sind frei, das Wunschland der Phantasie ist grenzenlos, und der Wille kann verzehrend, gefährlich dynamisch sein. Es besteht jedoch die Möglichkeit, daß alles unsichtbar, erfolglos und irreal bleibt. Das heißt, man kann einem Menschen niemals ansehen, welche Kraft seinem Denken, Fühlen und Wollen innewohnt, er kann nach außen ruhig und friedlich wirken, dennoch ist seine Seele von wildesten Leidenschaften durchtobt.

Nur dann, wenn Mars in den Erdzeichen steht, ergibt sich ein realer Wertmesser. Denn hier, in der Sphäre der Materie, der Wirklichkeit, wird sichtbar, was ein Mensch leistet. Für ihn ist die getane Arbeit der Prüfstein seines Lebens. Und während die anderen, die mit ihrem Mars in einem Luft-, Feuer- oder Wasserzeichen „herumspintisieren", noch ihre Absichten kundtun, sich in Wogen von Gefühlen verbergen, gehen die Menschen mit einem Erd-Mars bereits ans Werk. Mögen solche Charaktere in ihrem Gehaben auch gefühllos, brutal, übereifrig wirken, für sie ist genau besehen alles wertlos, wenn dadurch nicht die Realität verändert wird. Die großen Denker, die Apostel und Missionare würden verhungern, gäbe es ihn nicht, den Menschen mit den Mars-Kräften aus den Erdzeichen.

Am stärksten tritt die Kraft des Mars im **Steinbock** auf. Der Ertrag der Arbeit wird der Umwelt gleichsam auf dem Präsentierteller zur Verfügung gestellt. Daraus ergibt sich die Möglichkeit, in der Öffentlichkeit eine Rolle zu spielen, sich in Szene zu setzen.

Im **Stier** ist das Domizil der Venus, die Mars-Energien sind hier nicht so wirksam, um klare Entscheidungen herbeizuführen. Die konservative Einstellung führt nun einmal dazu, jeder Änderung auszuweichen; in diesem Zeichen bauen die Energien des Mars daher Verteidigungsstellungen aus.

Mit Mars im Zeichen **Jungfrau** stehen dem Menschen die Fähigkeit zur Verfügung, genau zu unterscheiden, was ihm nützlich ist, und was nicht. Man könnte von einem gesteigerten Instinkt dafür sprechen, ohne lange Denkfunktionen genau das Richtige, das Vorteilhafte zu treffen.

JUPITER – DER VERMEHRER

Der Planet Jupiter verkörpert das Prinzip des Vermehrens, im Materiellen genauso wie im Nichtmateriellen. Wenn Jupiter etwas bringt, dann nicht so sehr durch unverhoffte und vor allem unverdiente Gaben, sondern durch Assimilation. Das heißt, es ist dies oder jenes bereits vorhanden, man hat etwas geleistet oder zielbewußt erworben. Jupiter erweitert die geistigen Anlagen, vermittelt Gerechtigkeit und Wissensmacht den Menschen jovial und heiter, versetzt ihn in eine optimistische Stimmung. Zuviel Jupiter-Einfluß kann ständige, oft unbegründete Heiterkeit bewirken, Neigung zu sehr irdischen Genüssen, kann aber auch zu lästiger Besserwisserei und rechthaberischem Wesen führen. Zu den negativen Auswirkungen gehört ferner die Vermehrung von krankhaften Körperzellen, die den Organismus schädigen. Zuviel Assimilation im Stoffwechsel führt zu Übergewicht, zur Fettsucht. Ohne Frage, es gibt hier so etwas wie Glück. Es kann sein, daß gute Venus-Kräfte plötzlich walten, es kann auch sein, daß Jupiter ein ganzes Leben dafür sorgt. Auch ist es möglich, daß Jupiter und Venus in gutem Winkel zueinander stehen und überdies vorteilhafte Aspekte von anderen Planeten erhalten. Es muß allerdings nicht sein, daß man sich wirklichen Glücks rühmen darf. Es genügt schon, wenn man lebenslang von Unheil verschont bleibt, wenn man mit Recht sagen kann, daß man nicht unglücklich ist.

Jupiter, der größte Planet unseres Sonnensystems besitz eine Masse, die dreimal größer ist als jene aller

Alter Tradition folgend bringt Jupiter materielle und geistige Güter

anderen Planeten, inklusive des Saturn. In einem Zeitraum von rund zwölf Jahren umkreist er die Sonne und hält sich daher – einfach ausgedrückt – je ein Jahr in einem Tierkreiszeichen auf. Es müßte folglich jedem Menschen im Abstand von zwölf Jahren möglich sein, aus den Jupiter-Kräften sogenanntes Glück zu gewinnen, denn so schlecht kann ein Jupiter in einem Horoskop gar nicht gestellt sein, daß er nicht positive Wirkungen auszulösen imstande wäre.

Jupiter in den Feuerzeichen

Da durch das Feuertrigon, durch Widder, Löwe und Schütze, die Sphäre des Willens beeinflußt wird, jener Kraft, die in die Zukunft weist, so ergibt sich für den Jupiter in einem Feuerzeichen folgende logische Kombination: Je nach Stellung des Jupiter zu anderen Planeten, entsprechend den Aspekten, die er empfängt, ergibt sich ein Prinzip, das die Freiheit des Willens als höchstes Ideal hinzustellen imstande ist. Der Wille reicht sozusagen über große Zeiträume, und bei dem Menschen, der auf die eigene Kraft vertraut, ist er mit Wissen und Glauben gepaart. Wobei zu wiederholen ist, daß wir den Glauben als die Kraft des Wissens und der Weisheit verstehen. Doch aus dem Willen kann – bei ungünstiger Bestrahlung – Willkür werden, Gläubigkeit kann zu religiösem Fanatismus ausarten, und der Wille kann so überbewertet sein, daß man die Lebensäußerungen der Mitmenschen nicht gelten läßt. Was der mit einem Feuer-Jupiter Ausgestattete immer an Informationen verarbeiten konnte, hat sein Willenspotential gestärkt.
Mit einem Jupiter im Zeichen des **Widder** gewinnt

die Einstellung zu gültigen Normen eine kämpferische Note. Dies kann so weit gehen, daß man den Mitmenschen überhaupt nicht mehr anhören will, weil man nur das eigene Ich als Gesetz respektiert. Im guten Winkel zur Sonne bildet sich Selbstvertrauen, das durchaus positiv zu werten ist. Steht aber die Sonne in einem Quadrat oder in Opposition zum Jupiter, dann kommt es zu störenden Eigenschaften wie maßloser Ehrgeiz, Präpotenz, Überheblichkeit, ja zu wahrer Vermessenheit.

Anders Jupiter im **Löwen.** Da fühlt sich der Mensch infolge seiner vielfältigen inneren Normen, seiner klaren und übersichtlichen Willensäußerungen dem Mitmenschen überlegen. Er besitzt so etwas wie echte Machtfülle und läßt diese innere Stärke dem Mitmenschen in Form von Großmütigkeit zukommen. Er ist nachsichtig und gütig, voll Wohlwollen. Ist aber Jupiter durch schlechte Aspekte in seiner Wirkung gemindert, dann kommt es zu der Tendenz, harten Entscheidungen auszuweichen. Man flüchtet dann in billige Vergnügen, um sich auf diese Weise auszutoben.

Im **Schützen** hat der Jupiter sein Domizil, er gibt den Menschen ein unzerstörbares Potential an Vertrauen in die eigene Rechtlichkeit. Der Lebensweg ist durch akzeptierte Rechtsnormen klar markiert. Nur bei schlechter Bestrahlung bildet Jupiter die Nörgler und Fanatiker des Rechts, die Unduldsamen und gelegentlich auch die religiösen Fanatiker.

Jupiter in den Luftzeichen

Ohne Mühe Informationen zusammenschweißen, so daß sie ein Gedankengebäude ergeben, das mitunter in keiner Weise der Wirklichkeit angepaßt ist!

Es kommt auch nicht immer zu logischen Reaktionen. In negativer Hinsicht entsteht unter solchem Einfluß eine Art Selbstherrlichkeit des Denkens.
In der Waage gibt Jupiter die Möglichkeit, bestimmte Formen zu sehen und sie zur Richtschnur einer Weltanschauung zu machen. Die Einstellung zum Leben kann durchaus als künstlerisch bezeichnet werden.
Jupiter im **Wassermann** verfügt über Reichtum an Erfahrungen, doch fehlt die direkte Verbindung zur Realität. Dem fixen Charakter des Wassermanns entsprechend, zeigt sich ein gewisser Mangel an Elastizität bei den geistigen Funktionen; damit verbunden ist eine Distanziertheit, die von der Mitwelt oft als Stolz ausgelegt wird. Die nächste Weiterentwicklung wäre die Autorität, die allen Mitmenschen etwas zu sagen hat, die aber durch nichts zu bewegen ist, fremdes Gedankengut anzunehmen.
In den **Zwillingen** steht nach alt hergebrachter Ansicht der Jupiter schlecht. Denn er steht ja im Merkur-Zeichen, in jenem Abschnitt, das dem Schützen gegenüberliegt. Eine Konzentration der geistigen Kräfte findet nicht statt, im Gegenteil, sie zersplittern sich, lassen sich nicht fassen, nicht verwerten. Skepsis zeigt sich überall dort, wo geistige Werte angeboten werden, die man akzeptieren könnte. Immer wird nach neuen Erkenntnissen gefahndet, und diese Aktivität gibt diesen Menschen eine gewisse Lebhaftigkeit. Unermüdlich sind sie beim Suchen der Wahrheit. Bei besonders guter Jupiter-Stellung kommt es zu einer bemerkenswerten Bescheidenheit, weil man die Nichtigkeit vieler „Wahrheiten“ erlebt hat und trotzdem erkennt, wie notwendig im Leben die Suche nach Wahrheit ist.

Jupiter in den Wasserzeichen

In der Sphäre der Wasserzeichen Krebs, Skorpion und Fische erlebt das Seelenleben seine größte Weite, alle vegetativen Funktionen des Menschen schwingen mit. Die von Jupiter im Seelenbereich verankerten Informationen können zum gegebenen Anlaß wie ein riesiger Energiespeicher wirken. Stärkste Impulse gehen auf die Umwelt aus, so daß das Eis der Gleichgültigkeit und Hartherzigkeit überall zu schmelzen beginnt. In einer ungünstigen Bestrahlung kann Güte und Verzeihen so weit verzerrt werden, daß der Betroffene gar nicht mehr unterscheiden will zwischen Gut und Böse und nachsichtig gegen alles wird, sich also eine Art von moralischer Schwäche breitmacht. Im positiven Fall aber triumphiert die Liebe zum Nächsten, die das Grau des Alltags, die Schläge des Schicksals ertragen hilft.

Am stärksten kommt die seelische Kraft Jupiters im **Krebs** zum Ausdruck. Hier ist die Ausstrahlung besonders mächtig. Es wird begangenes Unrecht nicht gerächt, sondern verziehen.

Im fixen Zeichen **Skorpion** ist diese Ausstrahlung vielleicht noch stärker. Sie kommt aber anders zur Geltung, indem dem Mitmenschen einfach Seelenkräfte zur Verfügung gestellt werden, mit deren Hilfe er auf seinem Lebensweg gestützt wird. Es ist möglich, daß durch solche Suggestivkraft Krankheiten geheilt werden, seelischer Kummer schwindet und Lebensfreude die Oberhand gewinnt. Wenn hier oft die rein erotische Ausstrahlung eine Rolle spielt, ist das beim „Sexualzeichen" Skorpion nicht verwunderlich. Im Falle einer negativen Bestrahlung des Jupiter entwickelt sich aus der

positiv beeinflussenden Kraft Grausamkeit. So Bestrahlten ist es möglich, eine Art Seelenherrschaft über andere in einem fast magischen Sinne auszuüben, also geradezu Tyrannei.
Solche Seelenherrschaft verwandelt sich im Zeichen **Fische** zu echtem Mitleid. Mit der Kraft des Jupiter ist man hier in der Lage, allen, die im Leben Leid zu tragen haben, wirklichen Trost, Hilfe und Mitgefühl zu geben.

Jupiter in den Erdzeichen

In den Erdzeichen kommt Jupiter am schwächsten zur Geltung, denn in der Sphäre der Wirklichkeit bedeuten Gedanken und Wünsche, Gefühle und Träume nur wenig. In der Jungfrau, im Gegenzeichen zu den Fischen, wo Jupiter sein zweites Domizil besitzt, ist er ziemlich kraftlos, ebenso im Steinbock, nur im Stier ist er einigermaßen wirkungsvoll.
Im Zeichen **Steinbock** hat der Bestrahlte das Recht auf Erkenntnis, auf das Beharren auf dem eigenen Standpunkt, Anspruch auf Anerkennung seiner Rechte. Es nimmt nicht Wunder, daß eine wesentliche Jupiter-Eigenschaft der Wasserzeichen vollkommen fehlt: die Gnade.
Der Stolz, der schon im cardinalen Steinbock-Zeichen so auffällig ist, wird durch den Jupiter im Zeichen **Stier** zum Besitzerstolz gewandelt und zieht eine Verteidigungsbereitschaft nach sich. Und weil man etwas hat und besitzt, gibt Jupiter auch die Zufriedenheit. Man erfährt in einem kleinen überschaubaren Raum das Glück des Besitzens.
In der **Jungfrau** ist Merkur zu Hause, Jupiter kann seine Funktion als Informations-Speicher kaum erfüllen. Man fühlt sich als Spielball der Kräfte, man

ist gezwungen, sich da und dort zu engagieren, wo man gar nicht Befriedigung finden kann. Weil das eigene Recht so schwach fundiert ist, gelingt es kaum Ansprüche durchzusetzen, somit scheint der Ausweg in eine höhere Ordnung selbstverständlich. Was andere an Recht und Besitzerstolz, an Normen und Notwendigkeiten erkannt und ausgebaut haben, wird akzeptiert und zum eigenen Nutzen praktiziert. Nur so läßt sich der Mangel an eigenen Jupiter-Kräften wettmachen.

SATURN – DER ÜBELTÄTER

Genau betrachtet, ist Saturn zunächst das Prinzip der Begrenzung, in weiterer Folge das Prinzip des Festhaltens, des Verzögerns. Alles ist unter seinem Einfluß nach dem Gestern orientiert, daher verzögert er alles; durch ihn ist man gezwungen, bei allem und jedem einen Blick zurück zu werfen. Es fehlt der frohe Optimismus, es gibt keinen Vorwärts-Schwung; Bedächtigkeit, Vorsicht, ängstliche Langsamkeit sind vorherrschend, so daß der Betroffene nie zurechtkommt und immer mehr oder weniger weit zurückbleibt. Während Mars plötzliches Sterben verursachen kann, verzögert Saturn das Ende, kann zu einem langsamen, oft qualvollen Tod beitragen.

Ein gut gestellter Saturn bringt allerdings wertvolle Eigenschaften, die sonst kaum ein Planet zu geben vermag. Mit dem Blick in die Vergangenheit arbeitet der Saturn-Mensch fleißig wie kein anderer, seine Methodik, seine unerhörte Ausdauer geben ihm die Möglichkeit, mit allen Schwierigkeiten fertig zu wer-

Welch unterschiedliche Gaben Saturn bringt, zeigt eine Illustration aus einem Hausbuch um 1500

den. Das Ich steht im Vordergrund, es fehlt an Kräften, die nach außen wirken. Dafür erhöht sich die Konzentration auf das Innere, es verstärken sich alle Tendenzen, die zur Behauptung im Leben beitragen. Im Alter gibt Saturn die Würde, die Abgeklärtheit, die Weisheit, vielleicht sogar die Zufriedenheit. Sich mit dem Schicksal ausgesöhnt zu wissen, sich dessen bewußt zu sein, daß man alles getan hat, was die Pflicht erforderte, gibt dem Saturnier tiefe Befriedigung. Man kann auch lebenslang gegen den Saturn kämpfen, man kann versuchen, seinem Einfluß zu entfliehen, bis man eines Tages erkennen muß, daß er doch der Stärkere ist.

Saturn in den Erdzeichen

Schon die Tatsache, daß Saturn in einem Erdzeichen sein Domizil hat, läßt erkennen, welche Zusammenhänge hier in der Sphäre des Materiellen bestehen müssen. Das Erbgut gehört zur Welt der Materie. So wie aus guter Saat reiche Ernte gewonnen wird, ebenso wird der Saturn-Bestrahlte für die Zukunft mit Gewinnen jeder Art rechnen können. Ein eigenartig realistischer Blick für alle Situationen kennzeichnet diese Menschen, denen bis an ihr Ende die Arbeit Lebensinhalt ist.

Steht der Saturn im **Steinbock,** können wir in einem Menschen mit solcher Konstellation den unermüdlichen Arbeiter erkennen, der sich durch nichts ablenken läßt und den kein Mißerfolg von seinem Arbeitsziel abbringt. Bei sehr schlechten Aspekten muß er sich stärker anstrengen, aus der Vergangenheit das Positive herauszuholen. Angestrebte Ziele werden so nicht leicht erreicht, ja, es kann vorkommen, daß die Kräfte vorher erlahmen.

Im **Stier** kann die Vergangenheit zweifach das Bewußtsein färben, bei guter Saturnstellung als eine Art Sendung, als Auftrag, im Leben durch Dienstleistungen etwas zu erreichen, bei schlechtem Saturn empfindet man die Arbeit als eine mehr oder minder schwere Last. Je nach Einstellung, nach Charakterstärke und Lebensklugheit erfährt man aus einem Saturn in diesem Zeichen entweder ein gewisses Ohnmachtsgefühl der Umwelt gegenüber, weil man sich immer bedrängt fühlt, oder es entsteht Genügsamkeit und Bereitschaft zum Dulden, Ruhe und Wunschlosigkeit. Immer wieder wird das Vergangene geprüft, sorgfältig durchgekaut und aus den so gewonnenen Erkenntnissen wird jeweils die Richtlinie für die Zukunft gewonnen. In Geduld das Vorhandene zu prüfen, ist kennzeichnend für den Menschen mit dem Saturn im Stier und bei halbwegs guten Aspekten darf er erwarten, daß sich alles gleichmäßig entwickelt und sich im Leben nach und nach Erfolge einstellen. Mit Saturn in der **Jungfrau** begegnen wir einem Phänomen, das wir am besten als vernünftige Ordnung der Arbeit zu bezeichnen haben. Selbstquälerische Fragen, ob auch wirklich alles Notwendige getan wurde, begleiten diesen Menschen. Der nüchterne Blick auf die Gegenwart, die Erkenntnis, daß jede ungenützte Minute für ewig verloren ist, läßt echte Freude eher selten aufkommen. Bis in die kleinsten Lebensbereiche hinein wird alles präzise vorbereitet. Am liebsten würde man für Tage und Wochen im voraus arbeiten. Dank dieser Bemühungen kommt es nur selten zu Überraschungen, doch bei schlechter Saturn-Stellung ergibt sich eine ständige große Unzufriedenheit.

Saturn in den Wasserzeichen

Mit dem Saturn im **Krebs** wird dem Menschen immer wieder das Vergangene aufgedrängt, wobei die eher düsteren Erlebnisse im Unter- und Unbewußten dominieren. Es ist etwas eigenartig Deprimierendes im Leben solcher Menschen, es kommt zu Selbstvorwürfen, kleinlichem Zergliedern vergangener Erlebnisse, Zwangsvorstellungen; wie man dieses oder jenes hätte besser machen können. Saturn stellt den Menschen vor eine schwere Aufgabe, denn er muß imstande sein, aus den ständigen Mahnungen des Gewissens das Positive herauszulesen. Vielerlei Unglück ließe sich dann vermeiden! So besehen kann man den Saturn im Krebs gleichsam als den Auftraggeber dafür werten, den Mitmenschen die Teilnahme an Reue und Selbstbesinnung zu ermöglichen.

Saturn im **Skorpion**: Auch hier herrscht düster ein vergangener Seelenzustand. Unvermeidlich bleiben Kränkungen und Enttäuschungen haften und längst Geschehenes wird nie als erledigt betrachtet und ad acta gelegt. Überschätzung des eigenen Seelenlebens entwickelt sich als markanter Egoismus. Dabei versucht ein solcher Egoist auch noch die Mitmenschen an seinem Leid teilhaben zu lassen. Dies kann bis zur seelischen Grausamkeit gehen, zur tödlichen Kälte; in der Umgebung eines solchen Charakters kann echte Freude nicht aufkommen. Diese starken seelischen Kräfte bewirken bei guter Saturn-Stellung eine Gefühlskommunikation, eine mahnende Selbstbesinnung, die mächtig in den Alltag einwirkt und dazu führt, alle Aufgaben zu erfüllen. Man kann sich die enge Konjunktion von Mars und Saturn auch als eine Paarung von Energie und

Ausdauer, getragen von seelischen Kräften, vorstellen. Steht Saturn günstig, hat man es mit einem Menschen zu tun, der auf eigenartig energische Weise seine Umwelt zu beeinflussen vermag. Saturn in den **Fischen** vermittelt die Bereitschaft, das Leid der ganzen Welt in sich aufzunehmen. Es entsteht dabei ein merkwürdiges Schuldgefühl. Das Gefühl, schuldig zu sein und Schuld zu tragen, verleiht den so Betroffenen einen faszinierenden Zauber. Denn es gibt ohne Frage auch gegenteilige Charaktere, Menschen, denen Schuldgefühle vollkommen fremd sind. Geht man mit einem Fische-Saturn durchs Leben, so trägt man Empfindungen mit sich, die bei der Gesellschaft nicht immer auf Verständnis stoßen. Doch da man sich schuldig fühlen kann, ist man auch fähig, Verständnis für die Schuld anderer aufzubringen und ist damit zu rascherem Verzeihen geneigt. „Wie auch wir vergeben unseren Schuldigern". Unter diesem Leitsatz erstrahlt Saturn und deckt des Menschen edelstes Gefühl auf.

Saturn in den Feuerzeichen

Saturn als Verwalter der erdgebundenen Richtlinien kann nur einem zukunftsgerichteten Wollen, wie es den Feuerzeichen eigen ist, hinderlich sein. Dem Wollen stellt sich Saturn als Kontrollorgan gegenüber und versucht, Willensakte zu bremsen. Steht er gut, dann wird er Selbstbeherrschung und inneres Bescheiden bewirken, ist er schlecht bestrahlt, mag es zu Störungen der inneren Harmonie kommen, denn er bremst dann dort, wo er es nicht sollte.

Im **Widder** läßt Saturn den Willen gleichsam

unkontrolliert hervorbrechen, die hemmenden Faktoren sind eher gering. Es ist verständlich, daß der Mars-Einfluß in diesem Tierkreisabschnitt stärker sein muß, denn Mars regiert das Widder-Zeichen. Dem Willen werden hier gewisse Beschränkungen auferlegt, die keineswegs als angenehm empfunden werden. Man setzt sich über sie hinweg und akzeptiert einzig und allein die eigenen Gesetze und Normen. Ausgeführt wird nur, was für einen selbst gut und nützlich ist. Ein recht rücksichtsloser Egoismus kann die Folge sein, der natürlich beachtenswerte Härte garantiert! Im Zeichen **Löwe** tritt Saturn noch mahnender auf. Das starke Gefühl von Selbstsicherheit, die große Lebensfreude dieser Menschen wird durch den Saturn in einer eigenartigen Weise kontrolliert. Man fürchtet, das Leben zu versäumen, und will es gerade deshalb pausenlos genießen. Jeder nicht „löwenartig" gelebte Tag scheint verloren. Dieser Zwang zur Lebenslust kann leicht in Übertreibung ausarten; es wachsen Schadenfreude und Triumphgefühle jenen gegenüber, die nicht so tüchtig sind. Bei guter Saturn-Stellung wird das Gegenteil der Fall sein, man bezieht dann die Mitmenschen in seine Lebenslust ein, man schenkt großzügig und lädt sich dadurch selbst freiwillig manche Opfer auf. Mit Saturn im **Schützen** wird man bestrebt sein, nach den allgemein gültigen sittlichen Regeln zu leben. Gleiche Strenge wird von der Mitwelt verlangt und von dieser nicht selten als Prinzipienreiterei ausgelegt. Negative Auswirkungen wären Überheblichkeit und Frömmelei. Der gute Schütze-Einfluß bewirkt, die Lebenspartner Moral und Sitte zu lehren, nötigenfalls mit Strenge; aber da durch dieses Bemühen immerhin viel Güte schimmert, läßt man sich von solchen Menschen gerne etwas sagen.

Saturn in den Luftzeichen

Bei diesen Menschen existieren bereits Vorstellungen, Urteile und Überlegungen, die es stets neu zu überprüfen gilt. Kraftvoll drängen sie zu neuen Erkenntnissen und Ideen. Erbgut und Gegenwart können gedanklich wunderbar verbunden werden, so daß Neues und Gewaltiges zu entstehen vermag. Saturn kommt in der **Waage** mächtig zur Geltung, denn hier werden gestaltende, formende Kräfte frei, die aus einem reichen Reservoir schöpfen und aus einem im Volk gespeicherten Gedankenklischee neue Anregungen zu filtern vermögen. Vergangenes wird mit Gegenwärtigem verbunden. Bei schlechter Saturn-Stellung kommt es zu Gewissensqualen, weil man die gestellten Aufgaben nicht zufriedenstellend erfüllt.

Seine stärkste Kraft entfaltet Saturn im **Wassermann,** in jenem Zeichen, das ihm seit eh und je als zweites Domizil angewiesen ist. Gewonnene Erkenntnisse werden gespeichert, Urteile gebildet, die – systematisch geordnet – ein immer größeres Wissen ermöglichen und schließlich eine Weltanschauung von imposanter Geschlossenheit ergeben. Nietzsche hatte den Saturn im Wassermann zum Merkur in der Waage gut aspektiert.

Es kommt freilich bei den so Aspektierten sehr darauf an, ob es ihnen gelingt, mit Saturn auch der Gegenwart den nötigen Tribut zu zollen. Verweigert die Mitwelt ihre Anerkennung, dann ist der Zwang zur Isolation unvermeidlich. Denn wie soll man in einer Welt des Unverstandenseins leben! Beim Saturn im **Zwilling** ist das aus Urteilen, Vorurteilen und auch Irrtümern bestehende Erbgut tief im Unbewußten verankert und gibt keinen brauchbaren Führer für Entscheidungen im Leben ab. So ergibt sich die höchst merkwürdige Situation, daß

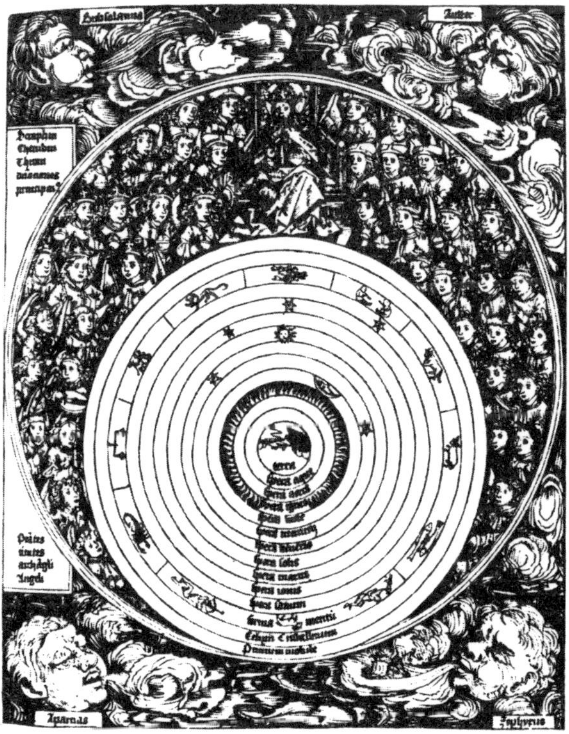

Das ptolemäische Weltbild: um die Erde kreisen Himmelskörper auf 27 Sphären

Pronostyka Krakowska. Mistra Mi
kulasse z Ssadku. w vmieni Hwiezdarzskem zkussenieho a
Wysoce z chwaleneo Astronoma: o Komete nebo Hwiez
de s ocasem. Genz se gi pri czasu Swateho Martince Leta mi
mulecho negednostayne vkazowala. Kteryz ogegiem wy-
znamenawanij Prichod budaucych. tez k Roku pane
Tisyciemu petistemu xxxij duwodnie wypisuge
O zpuosobu hwiezdy s Ocasem. kterak se gest Rozdielnie vkazowala:

*Eine Kometenkatastrophe, die von der
Astrologie vorausgesagt wurde –
Holzschnitt aus dem Jahr 1532*

sich der derart Betroffene richtig orientieren kann. Er weicht allen Gegensätzlichkeiten tunlichst aus, weil er unfähig ist, Partei zu ergreifen. Dennoch möchte er gerne das wirklich Wahre erkennen, und ist daher ununterbrochen auf der Suche, jedoch erfolglos. Wer einem guten Saturn untersteht, hört sich gerne an, was die anderen zu sagen haben, und wartet geduldig, bis sich eine Meinung herausgebildet hat, der er sich entweder anschließt, oder der gegenüber er seine Zweifel äußert. Mit schlecht bestrahltem Saturn geht man all dem aus dem Weg, denn es würde damit die eigene Unsicherheit nur noch vermehrt.

URANUS – NEPTUN – PLUTO

Uranus, um ein Vielfaches größer als die Erde, gilt als Prinzip des rasanten Fortschritts, der umstürzenden Neuerung, der plötzlichenVeränderung. Er ist in seiner Wirkung dem Merkur ähnlich, seine Auswirkungen sind weitgehend auf den Intellekt des Menschen gerichtet, und es läßt sich in der heutigen Zeit immer wieder nachweisen, daß ein gut aspektierter Uranus in einem Horoskop eine bessere Wirkung als Merkur haben kann. Auf das alltägliche Leben bezogen, bewirkt er einen Wechsel des Lebenspartners, des Berufs, der Weltanschauung, den Verlust einer Position und andere Schicksalsschläge mehr. Uranus regiert das Zeichen Wassermann und ist dort besonders wirksam. Es gibt einen Hinweis auf seine revolutionierende Kraft, studiert man Hitlers Horoskop, in dessen Aszendent der Uranus stand. 1846 wurde der Planet **Neptun** entdeckt, der etwas kleiner als der Uranus ist. Ihm wird ein venusartiges Prinzip zugeschrieben, allerdings ist seine Wirkung erheblich schwerer erkennbar. Die von ihm beeinflußte Liebe ist nicht nur sinnliches Begehren und Glück des Augenblicks, sie umfaßt vielmehr alle höheren Bindungsformen des Menschen, drängt also auf eine umspannende Aktivität im sozialen Bereich. Im Negativen sind Verschleierungen zu suchen, die zu Existenzen im Irrealen führen, zu Menschen, die sich von der Wirklichkeit abkehren und in einer Scheinwelt leben. Neptun vermag viel Gutes zu spenden, Illusionen, künstlerische Begabungen, Traum- und Wunschwelten, Phantasien, leider aber auch Halluzinationen und damit den Übergang zum Abnormen. Unheimlich wirkt das Neptun-Prinzip, wenn es den Menschen aus der Wirklichkeit hinausdrängt.

Vielleicht noch unheimlicher in seiner Wirkung ist der im Jahre 1930 entdeckte Planet **Pluto.** Da er mit seiner exzentrischen Bahn in die des Neptun ragt, besteht immerhin die Möglichkeit, daß es sich bei diesem, der Erde sehr ähnlichen Himmelskörper um einen ehemaligen Neptun-Mond handelt. Sein Prinzip ist marsähnliche Zerstörung – wie Neptun –, und alles erfassend. Daher spricht man auch von einer Massenwirkung dieses Planeten, der in diesem Jahrhundert 1914, 1939 und 1956 seine gefährliche Kraft bewiesen hat.

PLANETEN UND MATERIE

Aufgrund weltweiter Erfahrungen und in Relation zu modernen biologischen Erkenntnissen können den einzelnen Planetenprinzipien bestimmte Metalle, Steine und Naturprodukte zugeordnet werden:

SONNE:	Metall: Gold Stein: Diamant Naturprodukte: Wein, Apfel, Wacholder, Kamille, Arnika, Baldrian
MOND:	Metall: Silber Steine: Opal, Perle, Smaragd Naturprodukt: Liguster
MERKUR:	Metall: Magnesium Stein: Topas Naturprodukte: Kaffee, Gelbe Rübe (Möhre), Majoran, Melisse, Dillkraut
VENUS:	Metall: Kupfer Steine: Saphir, Achat, Jade Naturprodukte: Kakao, Birne, Zimt, Angelika, Lindenblüte
MARS:	Metall: Eisen Steine: Karneol, Granat Naturprodukte: Tabak, Radieschen, Zwiebel, Weißdorn, Eberesche, Knoblauch
JUPITER:	Metall: Zinn Steine: Lapislazuli, Türkis Naturprodukte: Aprikose, Anis, Begonie, Ackermennig, Zucker
SATURN:	Metall: Blei Steine: Onyx, Turmalin Naturprodukt: Hirtentäschel

Die Häuser – Schicksalsfelder

Die Himmelskugel, in der die Planeten kreisen, teilt die Astrologie in zwölf große Räume ein, wobei die Teilung vom Aszendenten entgegen dem Uhrzeigersinn ausgeht. Dazu sind bestimmte Tabellen notwendig, die sogenannten Häusertafeln. Das Feld unter dem Aszendenten erhält die Nummer I, das folgende die Nummer II und so weiter.

DIE BEDEUTUNGEN DER EINZELNEN HÄUSER

Das **Erste Haus** gibt Auskunft über die Charakterentwicklung des Menschen. Der Aszendent bestimmt das Aussehen des Menschen. Da durch diesen Punkt des Horoskops die gesamte Beziehung zur Umwelt bestimmt wird, läßt sich sowohl durch den Aszendenten als auch durch das nachfolgende Feld erkennen, wie sich der Mensch entwickeln wird. Hier wird also die physische Person geprägt; das Feld verkörpert das gesamte Ich, das Ego; hier erblickt man alle Aufbau-Tendenzen, also die Summe aller Möglichkeiten, wie sich der Mensch aus den gegebenen Anlagen entwickeln kann.
Das **Zweite Haus** läßt erkennen, wie ein Mensch in der Lage ist, sich in der materiellen Welt zurechtzufinden, und welche Mittel er sich während seines Lebens aneignen wird. Es ist aber daraus nicht erkennbar, ob er reich wird und ihm Geschenke, Erbschaften und Ähnliches zufließen. Hier sind nur

die Fähigkeiten und Interessen verborgen, aus denen sich das Erwerben und Erhalten von Hab und Gut ergibt.
Das **Dritte Haus** zeigt das Denken in seiner Gesamtheit an. Durch alle Formen des Denkens wird die Umwelt erfaßt, wird in den persönlichen Bereich einbezogen. Je mehr man denkt, desto umfassender wird der Lebensbezirk eines Menschen sein. Wie das Gedachte zum Ausdruck kommt, ist ebenfalls in diesem Haus zu ersehen. Weil man bei den Umweltbeziehungen zuerst auf Eltern und Geschwister trifft, ist das dritte Haus auch für die engsten familiären Kontakte zuständig.
Im **Vierten Haus** ist der Lebensanfang und das Lebensende ersichtlich. Es ist das Haus der Tradition, der Überlieferung, all dessen, was man von Geburt an mitbekommt.
Im **Fünften Haus** sind die Experimente und Risiken des Lebens enthalten, der Drang, das Leben zu genießen. In diesem Haus haben die Vergeudung durch Leichtsinn und Spiel sowie das Aufbauen durch Wirtschaftlichkeit und Sorgfalt Platz. Kinder und Kunst gehören ebenfalls hierher; weiters das Wagnis, Althergebrachtes zu verlassen und neue Wege zu gehen. Wie kein anderes ist das fünfte Haus ein Schicksalsfaktor.
Das **Sechste Haus** ist dunkel und dementsprechend unerfreulich. Ob man sich im Leben frei bewegen kann oder folgen und dienen muß, ob man gesund bleibt, oder von Leiden und Krankheiten geplagt wird, welchen Aufwandes an Kraft und Leistung es bedarf, um die Tage zu meistern, das alles gehört hierher. Auch das Empfinden für alle Pflichten, das Sehen von Notwendigkeiten, das nüchterne

Betrachten der Welt fällt da hinein, denn nicht umsonst untersteht dieses Haus der Jungfrau, dem nüchternen Erdzeichen.

Das **Siebente Haus** verkörpert das Du, den Lebenspartner und alle Beziehungen zur Öffentlichkeit. Deshalb wird es auch Ehehaus genannt. Der Gegenpol des siebenten Hauses ist das erste, das – wie schon erwähnt – das Ich verkörpert. Die Achse I bis VII, jene Linie vom Aszendenten zur Spitze des siebenten Hauses, ist somit die wichtigste des Lebens.

Das **Achte Haus** ist der Gegenpol zum zweiten, in dem die Möglichkeiten zum Erwerb materieller Güter aufgezeigt werden. Als Gegenstück wird daher das achte Haus die Möglichkeiten zum Erwerb vieler materieller Mittel durch den Partner bieten.

Im **Neunten Haus** ist alles rein Geistige untergebracht. Das Gebäude des Denkens, samt der Merkfähigkeit, den Vorstellungen, der Einstellung – alle diese Geistesfunktionen gehören hierher. So ist das neunte Haus das Feld der Weltanschauungen, der Religionen, der Philosophie.

Die Achse III bis IX wird folglich als mentale Achse bezeichnet.

Das **Zehnte Haus** ist eine Fortsetzung des vierten Hauses, in dem, wie bereits gesagt, das Überlieferte festgehalten wird. Demnach gibt das zehnte Haus Auskunft, wie etwa die Ratschläge der Eltern, das durch Schule und Familie übermittelte Wissen im Leben genützt werden kann. Hier ist verankert, welche sozialen Stufen man erklettert; ob Ehre und Ansehen beschieden und ein Herauskommen aus dem angeborenen Milieu möglich ist. Obwohl fast

jeder Mensch etwas erreichen möchte, muß doch gesagt werden, daß im zehnten Haus das wirkliche Lebensglück nicht zu finden ist. Denn allzu oft heißt sozialer Aufstieg auch Einsamkeit.
Im **Elften Haus** sind die Beziehungen zu den Freunden, zu den Mitmenschen angedeutet, auch die Unterstützungen durch Bekannte und Verwandte. Ist dieses Haus wohlbestrahlt, so hat man viele Freunde, auf die man sich verlassen kann. Wer gar die Sonne in diesem Haus hat, der wird sein Sinnen und Trachten weitgehend darauf richten, immer einen Kreis von Wohlgesinnten um sich zu haben.
Das **Zwölfte Haus** zeigt nicht nur die Feinde, die erzwungene Abgeschiedenheit und die Vereinsamung auf, sondern auch jene positiven Kräfte, die in der Isolation gesammelt werden und einem Ziel, wie etwa einem risikoreichen Forschungsunternehmen, zustreben.
Die zwölf Häuser spiegeln die bunte Vielfalt des menschlichen Lebens und sind für den Kenner der Astrologie ein spannender und erlebnisreicher Raum während des Durchwanderns mittels einer Horoskopskizze.

Aspekte

Unter Aspekten versteht man in der Astrologie bestimmte Winkel zwischen den Horoskop-Elementen. Horoskop-Elemente sind in erster Linie die Planeten, die Häuserspitzen, der Aszendent und die Spitze des zehnten Horoskop-Feldes, das Medium coeli. Man unterscheidet zwischen positiven und negativen Aspekten. Das Aufsuchen und richtige

Bestimmen der einzelnen Winkel gehört zu den wichtigsten Arbeiten der Horoskopdeutung. Positive Aspekte sind Winkel von 120 Grad, sogenannte TRIGONE, und deren Hälften, also Winkel von 60 Grad, SEXTILE genannt. Diese Aspekte bereichern die Kraft eines Planeten, wirken daher in der Regel günstig und sind meist die Voraussetzung für einen harmonischen Lebensweg. Negative Aspekte sind Winkel von 180 Grad, sogenannte Oppositionen, und deren Hälften, also Winkel von 90 Grad, Quadraten. Diese Aspekte erzeugen Spannungen, erzeugen Schärfen, Härten und Unebenheiten, die sich oftmals ungünstig auswirken. Sie sind daher meist die Voraussetzung für bestimmte Komplikationen.

KONJUNKTIONEN sind Aspekte, bei denen Horoskop-Elemente sozusagen an gleichem Ort wirksam werden. Sie sind schwierig zu deuten, weshalb viel Übung notwendig ist, um richtige Schlüsse zu ziehen. Denn Konjunktionen können sowohl positiv wie negativ sein, sie können stark oder schwach wirken.

Wie man Erkenntnisse aus einem Horoskop gewinnen kann, ist selbstverständlich nicht in kurzer Zeit erlernbar. Man muß sich zunächst fragen, welches Prinzip ein Planet verkörpert, dann, in welchem Tierkreiszeichen er steht, und welche Aspekte empfangen werden. Bei den inneren Planeten Merkur, Venus und Mars spielt obendrein die Stellung der Sonne in der Bewertung eine sehr entscheidende Rolle. Es sind also vier Faktoren zu berücksichtigen.

DIE ASPEKTE UND IHRE SYMBOLE

Die Aspekt-Wirkung ist abhängig
vom kosmischen Zustand der Planeten.

Aspekt	Winkel	Symbol	Einfluß
Konjunktion	0°	☌	abhängig von Planeten
Opposition	180°	☍	disharmonisch
Trigon	120°	△	harmonisch
Quadratur	90°	□	disharmonisch
Sextil	60°	⚹	harmonisch
Halbquadratur	45°	∠	disharmonisch
Halbsextil	30°	⚺	harmonisch
Sesquiquadrat	135°	⚼	disharmonisch
Quincunx	150°	⚻	disharmonisch

SONNE UND MOND

Harmonische Aspekte

Glück und Frieden; allgemeine Beliebtheit; kampf- und konfliktlose Erfolge; Förderung der Gesundheit; Übereinstimmung mit den Partnern, Freunden und Eltern.

Die Konjunktion

hängt vom Zeichen und vom Haus ab; sie bedeutet im Feuerzeichen Heftigkeit und Impulsivität; im Wasserzeichen Überschwang und Empfindsamkeit; im Luftzeichen Gefühlskälte und Flatterhaftigkeit und im Erdzeichen Hemmungen und Schwerblütigkeit. Die Persönlichkeit ist meist sehr Ichbezogen, alle Interessen sind auf eine einzige Sache konzentriert.

Disharmonische Aspekte

Unentschlossenheit; Streitigkeiten mit Partnern, Freunden und Eltern; geistige Fähigkeiten zwar sehr gut, werden jedoch nicht positiv ausgelebt.

SONNE UND MERKUR

Diese beiden Planeten können nie weiter als 28 Grad voneinander entfernt sein, so daß nur die Konjunktion eine Rolle spielt.

Die harmonische Konjunktion

Große geistige und körperliche Fähigkeiten.

Die disharmonische Konjunktion

Der Betreffende ist schwankend, flatterhaft, oberflächlich, unzuverlässig und mißtrauisch.

SONNE UND VENUS

Der Abstand zwischen Sonne und Venus kann maximal 48 Grad betragen, wodurch der einzig mögliche Aspekt die Konjunktion ist.

Die harmonische Konjunktion

Starkes Liebesempfinden, Sinn für Schönheit, Heiterkeit und Geselligkeit; man ist beliebt und sympathisch.

Die disharmonische Konjunktion

Mit anderen ungünstigen Aspekten ergibt sie ein eitles, überhebliches, stolzes und auf erotischem Gebiet triebhaftes Wesen.

SONNE UND MARS

Harmonische Aspekte

geben auf körperlicher und geistiger Ebene große Energien, starkes Durchsetzungsvermögen, rasche Entschlossenheit, Mut, Hilfsbereitschaft; wenig anfällig für Krankheiten. Man pflegt zu fordern und nicht zu bitten.

Disharmonische Aspekte

Auffallen durch Voreiligkeit, Streitsucht, Triebhaftigkeit, Unbeherrschtheit. Und doch: Mars-Sonnen-Aspekte geben dem Leben erst die nötige Würze – und selbst disharmonische Aspekte sind besser als gar keine.

SONNE UND JUPITER

Harmonische Aspekte

Überdurchschnittlich gefestigter Charakter, geistige Fähigkeiten, Ehrlichkeit, Großmut, Gerechtigkeitsliebe, optimistische Lebenseinstellung, richtiger Umgang mit materiellen Gütern.

Disharmonische Aspekte

Gefahr der Verschwendungssucht, Verschuldung, Überschätzung der eigenen Fähigkeiten; man lebt über seine Verhältnisse, lehnt Autoritäten ab und neigt zu Rebellion.

SONNE UND SATURN

Harmonische Aspekte

Nur mühsam erreicht man sein Ziel; kluges und überlegtes Handeln, Zuverlässigkeit und Gewissenhaftigkeit; Kontakt mit der Umwelt fällt schwer; hervorragendes Organisationstalent befähigt dazu, große Unternehmen zu leiten.

Disharmonische Aspekte

Unsicherheit, Schüchternheit wird durch übersteigertes Selbstbewußtsein verdeckt; Pessimismus, Schwermut, Hang zur Nörgelei, verminderte Vitalität, Egozentrik, Gefühlskälte, Härte, Geiz.

SONNE UND URANUS

Harmonische Aspekte

Exzentrischer, intellektueller Charakter; Ideenreichtum; Progressivität, starker Einfluß auf die Mitwelt.

Disharmonische Aspekte

Extreme Eigenwilligkeit; Abenteuerlust; Gereiztheit; Impulsivität; vorschnelle Gefühlsentscheidungen; gegenüber möglichen Partnern eher ein Wegstreben; Unvorsichtigkeit kann Unglücksfälle nach sich ziehen.

SONNE UND NEPTUN

Harmonische Aspekte

Weitblickend, gutartig, feinfühlend, aber auch leicht zu beeinflussen, selbstkritisch, tiefes Kunstempfinden, Neigung zu Mystizismus.

Disharmonische Aspekte

Eitelkeit, Tendenz zu Lüge und Betrug, zu Skandalen und Genußsucht; schlechter Einfluß aus Freundeskreisen.

SONNE UND PLUTO

Harmonische Aspekte

Starke Lebenskraft, allgemein beliebt, hervorragende Rednergabe, Mut zum Risiko, Aufstieg in eine gehobene Position.

Disharmonische Aspekte

Unüberlegtheit, Streitlust, Rücksichtslosigkeit, Oppositionsgeist, auffallendes Benehmen, falscher Stolz, Gewalttätigkeit. Die Quadratur deutet Schwierigkeiten mit der Familie an, die Opposition Unstimmigkeiten mit dem Partner.

MOND UND MERKUR

Harmonische Aspekte

Scharfer Verstand, große Lernfreude, Schlagfertigkeit, guter Ausdruck, Rednergabe, Reiselust, Aufgeschlossenheit für alles Neue.

Disharmonische Aspekte

Starke geistige Anlagen äußern sich negativ; Bissigkeit und Klatschsucht, Launenhaftigkeit, Unbeständigkeit. Bei ungünstigem Saturn-Einfluß überdies Gefahr von Nervenleiden.

Altägyptische Horoskopie bediente sich der gebräuchlichen Hieroglyphen-Bilder

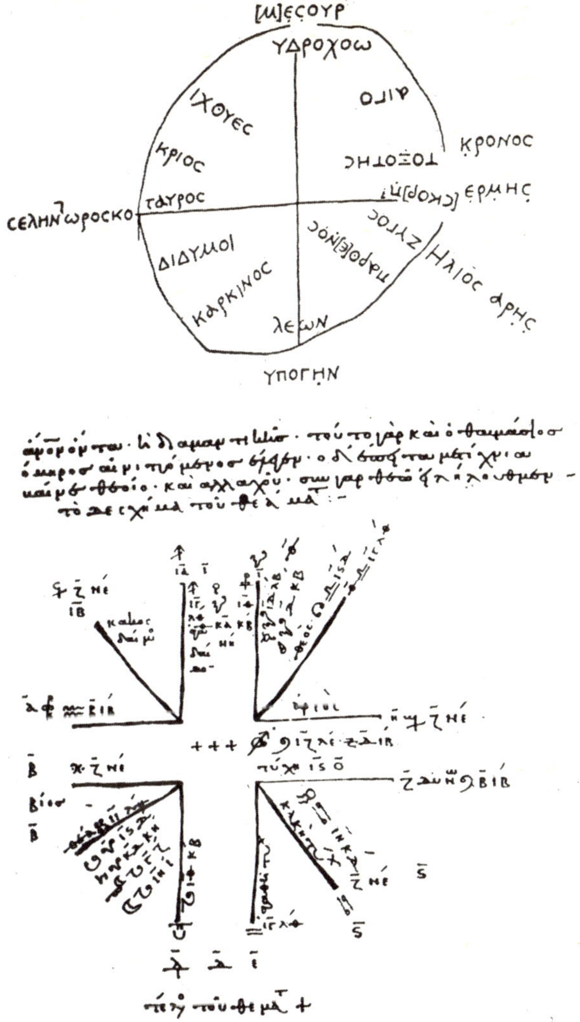

Altgriechische Horoskope
wirken mathematisch exakt

MOND UND VENUS

Harmonische Aspekte

Erfülltes Liebesleben, glückliche Ehe, Fähigkeit, stets das Rechte am rechten Ort zur rechten Zeit zu tun, gutmütig, zuvorkommend, künstlerische Begabung, feinfühlend.

Disharmonische Aspekte

Gefahr der Trennung vom Partner, Flirt, skandalöses Liebesleben, Leichtsinn, Verschwendung, übertriebene Eitelkeit und Selbstüberschätzung, Schlampigkeit und Unachtsamkeit.

MOND UND MARS

Harmonische Aspekte

Vermehrter Tatendrang, Durchsetzungsvermögen und Vitalität; große Zielstrebigkeit, Begeisterungsfähigkeit; Neigung zu raschen, mutigen Taten. Man verschafft sich durch achtunggebietendes Verhalten Einfluß; Krankheiten werden rasch überwunden.

Disharmonische Aspekte

bedingen Streit- und Kampflust, Unbeherrschtheit und Überstürzung. Man ist schnell unhöflich, leicht gereizt, schafft sich Feinde und ist in Geldangelegenheiten verschwenderisch.

MOND UND JUPITER

Harmonische Aspekte

Optimistische Lebenseinstellung, Teilnahme am Schicksal der Mitmenschen, aufgeschlossen für Wissenschaften, Religion und Philosophie. Man erfreut sich großer Beliebtheit, ist taktvoll und kann Reichtum erwerben.

Disharmonische Aspekte

In Geldangelegenheiten entweder geizig oder verschwenderisch; geringes Gerechtigkeitsgefühl.

MOND UND SATURN

Harmonische Aspekte

Hervorragendes Organisationstalent, Pflichtbewußtsein, Ziele werden mit großer Ausdauer und Zähigkeit verfolgt, diplomatische Vorgangsweise, Interesse an weltanschaulichen Fragen.

Disharmonische Aspekte

Niedergeschlagenheit, kühles und zurückweisendes Benehmen, ständige Unzufriedenheit, schwankend, Verzetteln in unbedeutenden Angelegenheiten, unglücklicher Umgang mit Partnern. Nichts will so recht gelingen.

MOND UND URANUS

Harmonische Aspekte

Starker Intellekt, auf Geistiges ausgerichtet, originelle Ideen, Reiselust, in Liebesbeziehungen unentschlossen, gelegentliche Trennung vom Partner, doch gibt es immer wieder neue Anknüpfungspunkte.

Disharmonische Aspekte

Originelles und exzentrisches Gehaben, für die Umwelt schwer begreifbar, unberechenbar, gereizt, launenhaft, abenteuerlich. Vorschnelles Handeln bringt Unzufriedenheit und Unausgeglichenheit mit sich, Konflikte mit Partnern und Freunden.

MOND UND NEPTUN

Harmonische Aspekte

Künstlerische Anlagen, Neigung zu Mystizismus und Spiritismus, tiefe Empfindungen, Mitgefühl, allerdings wenig Energie und daher recht leicht beeinflußbar.

Disharmonische Aspekte

Unausgeglichenes, problemreiches Seelenleben, Selbsttäuschung und Täuschung der Umwelt durch nicht wahrheitsgetreue Wahrnehmungen und Träumereien.

MOND UND PLUTO

Harmonische Aspekte

Abenteuerlust, Achtung, Ansehen.

Disharmonische Aspekte

Alles wird zu schnell und zu waghalsig unternommen; Unausgeglichenheit, Gereiztheit. Man entfremdet sich den Partnern.

MERKUR UND VENUS

Diese beiden Planeten können sich nicht weiter als 68 Grad voneinander entfernen, wodurch nur das Sextil und die Konjunktion in Frage kommen.

Harmonische Aspekte

(Sextil und harmonisch aspektierte Konjunktion) Hang zur Schriftstellerei, Rednergabe, rasche und leichte Auffassung, Anpassungsfähigkeit, rascher Erwerb von Sympathien, schwankende Liebesbeziehungen.

Disharmonische Aspekte

(disharmonisch aspektierte Konjunktion) Oberflächlichkeit, Mangel an Ernst und Ausdauer, Vergnügungssucht, leichte Moralauffassung, unbeständige Liebesbeziehungen.

MERKUR UND MARS

Harmonische Aspekte

Scharfsinnig, geistig rege, redegewandt, kaum Unannehmlichkeiten, da man jeder Situation gewachsen ist, Überzeugungskraft.

Disharmonische Aspekte

Streitsucht, Kritiklust, Rechthaberei, Unüberlegtheit. Man ordnet sich ungern unter, neigt zum Tyrannisieren.

MERKUR UND JUPITER

Harmonische Aspekte

Heitere, optimistische Lebensauffassung; man erfreut sich allgemeiner Beliebtheit; Scharfsinn, Weitblick im Berufsleben, dadurch Ansehen und Reichtum.

Disharmonische Aspekte

Oberflächlichkeit und Unzuverlässigkeit, Versprechen, die nicht eingehalten werden, Schwindeleien, Verschwendung, Unentschlossenheit.

MERKUR UND SATURN

Harmonische Aspekte

Gedankentiefe, Verläßlichkeit, Pflichtbewußtsein, planvolles Studieren und Handeln, Gewissenhaftigkeit, hervorragendes Erinnerungsvermögen, Ausdauer; rücksichtsvoll.

Disharmonische Aspekte

Langsames Denken, Planungen werden nicht durchgehalten und gehen somit auch nicht in Erfüllung; Depressionen, Unzufriedenheit, Schwierigkeiten im Umgang mit Partnern, man schlittert von einer Schwierigkeit in die andere.

MERKUR UND URANUS

Harmonische Aspekte

Einfallsreichtum, Flexibilität im Denken, freiheitsliebend, offen allem Neuen, althergebrachte Moralbegriffe werden nicht akzeptiert, umgängliches Wesen, durch guten Ausdruck können die eigenen neuen Ideen bei den Mitmenschen durchgesetzt werden.

Disharmonische Aspekte

Unkonventionelle Ansichten; verbissene Weltverbesserer; Revolutionäre; Sturheit; nervös und gereizt.

MERKUR UND NEPTUN

Harmonische Aspekte

Schöpferische Phantasie; verfeinertes Empfinden; Kunstverständnis; Liebe zur Literatur; dichterische Begabung; Ablehnung des Nur-Materiellen, des Gewöhnlichen und Derben; starkes Interesse für Mystizismus.

Disharmonische Aspekte

Sowohl positiv als auch negativ leicht beeinflußbar, unausgeglichenes Seelenleben, Melancholie, Tendenz zu Betrügereien und Täuschungen.

MERKUR UND PLUTO

Harmonische Aspekte

Redegewandt, schlagfertig, treffsicher, reiselustig.

Disharmonische Aspekte

Unbeherrscht, eigensinnig, oft in Auseinandersetzungen verwickelt; egoistisch werden Ziele verfolgt, falsche Versprechungen abgegeben und Unheil und Verwirrungen heraufbeschworen.

VENUS UND MARS

Harmonische Aspekte

Liebenswürdig, warmherzig, beliebt, Glück in der Liebe, umschwärmt, leichtfertiger Umgang mit Geld, großzügig bei Kleidung und Vergnügen, Sinn für alles Modische, fähig, stets neue Geldquellen aufzuspüren.

Disharmonische Aspekte

Zu anspruchsvoll; erleidet oft Niederlagen, dadurch Niedergeschlagenheit; hadert mit sich und der Welt. Bei stärkerem Marseinfluß Ärgernisse, gepaart mit Kampfeslust. Bei stärkerer Venus Depressionen, leidvolle Liebesbeziehungen. Sinnlichkeit und Leidenschaft sind stärker ausgeprägt als die Fähigkeit, echte Zuneigung zu empfinden; Untreue.

VENUS UND JUPITER

Harmonische Aspekte

Anmut, Freundlichkeit, Liebenswürdigkeit, Großherzigkeit, Gefühle zwar unstet, dennoch sympathische Wirkung erzielend; beherrscht, aufbauend gegenüber dem Partner. Unvorhergesehenes kann zum Vorteil genutzt werden.

Disharmonische Aspekte

Unruhig, unzufrieden, schwankend, faul, verweichlicht, unfähig im Beruflichen, turbulentes Liebesleben, Flatterhaftigkeit, Treulosigkeit, kein Sinn für Schönheit und Kunst.

VENUS UND SATURN

Harmonische Aspekte

Die Venus bringt eher Beschwingtheit und Heiterkeit, während der Saturn Realismus und Härte andeutet. Langwierige Partnersuche, aber dann treu und beständig; Hochhalten der sittlichen Normen, Schlichtheit und Unauffälligkeit, solide Lebensanschauung.

Disharmonische Aspekte

Für ein Ideal ist man bereit, Familienglück und Wohlstand aufzugeben; Stier- oder Waageaszendent bewirkt Härte und Unnahbarkeit; Hemmungen, Schwierigkeiten; Liebesbeziehungen bringen mehr Enttäuschung als Erfüllung; häufige Trennungen; Neigung mehr zu autoritärer Strenge als zu Milde und Anteilnahme.

VENUS UND URANUS

Harmonische Aspekte

Begabt für Freundschaften, romantische Einstellung, Beliebtheit im Bekanntenkreis, Eheglück, harmonische Partnerschaften, extrovertiert, Einfallsreichtum im Finanziellen.

Disharmonische Aspekte

Argumenten kaum zugänglich, Anerkennung nur der eigenen ethischen Normen, egoistisches Freiheitsideal, rücksichtslos, übereilte Liebesbeziehungen, Unbeständigkeit und Triebhaftigkeit.

VENUS UND NEPTUN

Harmonische Aspekte

Verfeinerter Charakter, allem Derben und Gewöhnlichen abgeneigt, Schönheits- und Kunstverständnis, edeldenkend, liebenswert.

Disharmonische Aspekte

Erfolgloses idealistisches Streben, Zwiespältigkeit, Verbitterung; Mutlosigkeit, Extravaganz, Genußsucht, abwegige Liebesbeziehungen. Unbeständig.

VENUS UND PLUTO

Harmonische Aspekte

Erfüllung in der Partnerschaft, leidenschaftlich, ungestüm. Erfolg im Berufsleben.

Disharmonische Aspekte

Aufregungen, Skandale, recht unkontrolliertes Liebesleben, häufiger Partnerwechsel, unliebsame Entzweiungen. Wirklich extrem ungünstig für eheliche Bindungen.

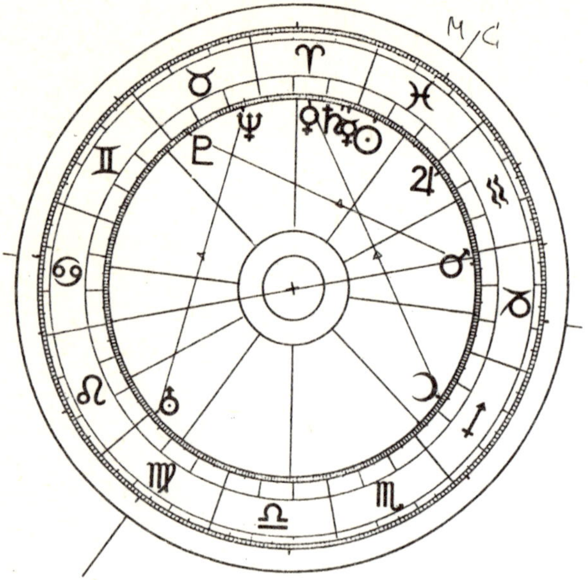

Albert Einstein,

geboren am 14. März 1879 um 11 Uhr 30 in Ulm.

Der Geburtsgebieter Mond in vorzüglichem Winkel zur Venus im zehnten Horoskopfeld. Das Erfolgshaus ist mit Sonne, Merkur und Venus überaus vorteilhaft besetzt. Mars im Steinbockzeichen gibt die enorme Arbeitskraft, Jupiter im Wassermann zeigt das revolutionäre Denken. Neptun, Beherrscher des zehnten Hauses, wird von Uranus bestens aspektiert.

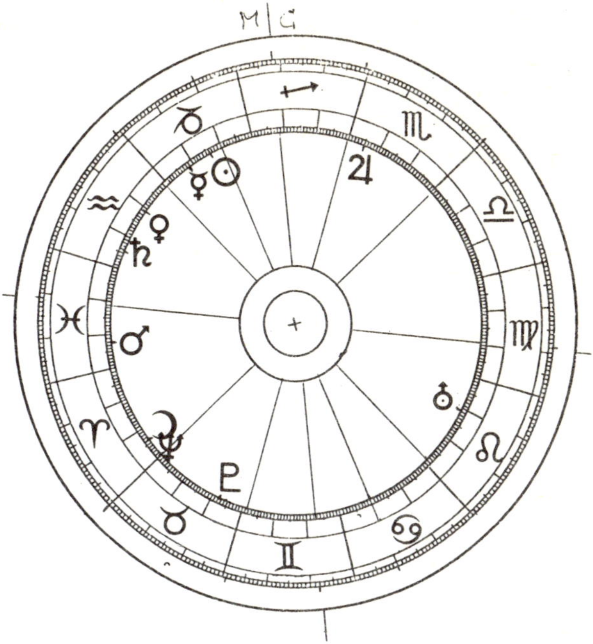

Dr. Konrad Adenauer,

geboren am 5. Januar 1876 um 10 Uhr in Köln.

Der Aszendent im Fischezeichen gibt ein überaus stark entwickeltes Einfühlungsvermögen, die Fähigkeit, das Werden und Vergehen zu begreifen. Mars im ersten Haus, jedoch im guten Winkel zu Jupiter, zeigt eine unbeugsame Härte, wenn es um Prinzipien geht. Die Sonne im Steinbockzeichen stärkt die dauernde Realitätsprüfung.

MARS UND JUPITER

Harmonische Aspekte

Sehr erfolgversprechender Aspekt. Es gelingt fast alles, was man sich vornimmt; starke Vitalität; man geht seinen Interessen nach, genießt das Leben in vollen Zügen, schätzt die Unabhängigkeit, achtet aber Gesetz und Ordnung, beschäftigt sich mit weltanschaulichen Fragen, besitzt gewinnendes Wesen, ist großzügig, freigebig und hat viele Freunde.

Disharmonische Aspekte

Schwanken von einem Extrem zum anderen, Verschwendungssucht, unbeherrscht, maßlos, ungewöhnlich enthaltsam, oft sogar asketisch, Neigung zu Alkohol und Drogen. Grundeinstellung materialistisch, Rechthaberei, Tyrannei. Steht gerne immer im Mittelpunkt.

MARS UND SATURN

Harmonische Aspekte

Unbeirrbares Anstreben eines einmal gesteckten Zieles, immense Willenskraft, viel Mut, Durchsetzungsvermögen und Beharrlichkeit; dadurch Erreichen einer gehobenen Position, im Mittelpunkt der Öffentlichkeit. Treu, zuverlässig, dennoch durch Härte und Strenge viele Feinde; kühles, reserviertes Verhalten.

Disharmonische Aspekte

Schwanken zwischen Fleiß und Faulheit – je nachdem ob Mars stärker ist oder Saturn, es fehlt an Tiefe und Gründlichkeit; kurzlebige Interessen; Arbeit ist nur ein notwendiges Übel; ungünstige Partnerschaftsbeziehung.

MARS UND URANUS

Harmonische Aspekte

Verstärkung von Willenskraft und Entschlossenheit, Persönlichkeit weicht positiv vom Durchschnittsmenschen ab, Ehrgeiz und Ideenreichtum lassen gesteckte Ziele erreichen, oftmals impulsives Handeln.

Disharmonische Aspekte

Exzentrisch, eigenwillig, unbeherrscht, übereilte Vorgangsweise, Affekthandlungen; innere Unausgeglichenheit äußert sich in Intoleranz und Widerspruchsgeist; manchmal schüchtern und zurückgezogen; lehnt Partnerschaft ab, um sich nicht einschränken zu müssen. Höhen und Tiefen wechseln ständig ab.

MARS UND NEPTUN

Harmonische Aspekte

Offener und unkomplizierter Charakter, hilfreich mit Rat und Tat, fähig zu starken Gefühlen, Verständnis für Kunst und Metaphysik; kann zu extreme Gefühle und Neigungen überwinden.

Disharmonische Aspekte

Uneingeschränkte Genußsucht, Überbewertung der Sexualität, Neigung zu Fanatismus in Fragen von Religion und Politik; doch auch leicht beeinflußbar auf Grund einer labilen Haltung. Leicht in Konfliktsituationen hineinzuziehen.

MARS UND PLUTO

Harmonische Aspekte

Durchsetzungsvermögen; Aktionen werden mit Mut und Selbstvertrauen durchgezogen; Ablehnen von Rücksicht, aus Angst, sie könnte als Schwäche ausgelegt werden; harte Selbstkontrolle, um nicht verweichlicht zu erscheinen.

Disharmonische Aspekte

Unbeherrscht, gewalttätig, beleidigend, taktlos, rücksichtslos, vulgäre Ausdrucksweise; Partnerbeziehungen von kurzer Dauer.

JUPITER UND SATURN

Harmonische Aspekte

Ernst und gewissenhaft; mit beiden Beinen im Leben stehend; heiter und voll Zuversicht; setzt sich für Recht und Ordnung ein; pünktlich und diszipliniert, gleiches wird von den Mitmenschen erwartet, schlichtet Streitigkeiten; philosophische Probleme sind wichtig; Wohlhabenheit ohne Geiz, korrekte Lebensweise, dadurch Anerkennung bei den Mitmenschen. Das alles gilt auch für die Konjunktion, sofern keine ungünstigen Einflüsse hinzukommen.

Disharmonische Aspekte

Hartes, kämpferisches Leben; mühevolles Gelingen; Mutlosigkeit verhindert Erfolge; Jupiter begünstigt Oberflächlichkeit, Saturn verhindert schöpferische Tätigkeit und begünstigt Pedanterie und Schwerfälligkeit; Geldschwierigkeiten; Partnerbeziehungen unerfreulich.

JUPITER UND URANUS

Harmonische Aspekte

Großer Freiheitsdrang, gesellig, bestrebt, Freunde zu gewinnen, reiselustig, originelle Ideen, Mitwirken an Reformen, offener Charakter, ehrenhaft; fähig, Menschen mitzureißen.

Disharmonische Aspekte

Eigenwillig bis rebellisch, Hang zu Übertreibungen, großsprecherisch, kurzfristige Schwärmereien hemmen berufliches Vorwärtskommen; Verschwendung und Glücksspiele ziehen finanzielle Sorgen nach sich.

JUPITER UND NEPTUN

Harmonische Aspekte

Idealismus und Hilfsbereitschaft, soziale Bereitschaft kann ausgenützt werden, gute Freundschaftsbeziehungen.

Disharmonische Aspekte

Leicht beeinflußbar, neigt zu Betrug und Täuschung, verworrene Weltanschauung, findet Anschluß nur bei Außenseitern oder in schlechter Gesellschaft; leichtfertiger Umgang mit Geld.

JUPITER UND PLUTO

Harmonische Aspekte

Unternehmungen werden leicht und gewinnbringend ausgeführt; optimistische Einstellung überträgt sich auf die Umwelt; rasch werden Pläne in Angriff genommen, der Drang nach Unabhängigkeit und Individualität bleibt im Rahmen der Gesetze.

Disharmonische Aspekte

Materialistische Einstellung, rücksichtslos wird das große Glück verfolgt, Spielleidenschaft, Prahlsucht.

SATURN UND URANUS

Harmonische Aspekte

Denk- und Willenskraft liegen in Einklang mit Ideenreichtum und Originalität; Organisationstalent und Weitblick, gepaart mit Ausdauer und Geduld führen zum finanziellen, vor allem beruflichen Erfolg.

Disharmonische Aspekte

Energiegeladene Herausforderungen gehen über in Launenhaftigkeit, Macht und Ansehen bleiben versagt, dadurch Verbitterung und Engstirnigkeit; Beziehungen zu den Mitmenschen sind da beinahe unmöglich.

SATURN UND NEPTUN

Harmonische Aspekte

Geistige und materielle Interessen halten einander die Waage, scharfer Verstand befähigt zum Studium; Durchsetzungsvermögen, erfolgreiche Berufslaufbahn, mitfühlend, beliebt, Interesse an Fragen der Religion und Philosophie.

Disharmonische Aspekte

Erregt Neid und Feindschaft; in Skandale verwikkelt, dadurch mißtrauisch und verschlossen; bestrebt, neue Ideologien zu schaffen; unruhiges Seelenleben; Melancholie, Triebhaftigkeit verhindern das Erreichen der ersehnten Ziele.

SATURN UND PLUTO

Harmonische Aspekte

Ernst und Gewissenhaftigkeit wird sich selbst und der Mitwelt abverlangt; Streben nach Recht und

Ordnung; gründliche Vorbereitung bei allen Aktionen, die dann präzise und mit Ausdauer durchgeführt werden; bestrebt, ein ganzes Leben lang zu lernen; besonderes Interesse an unterschiedlichsten philosophischen Fragen.

Disharmonische Aspekte

Eine sehr ungünstige Konstellation, die Gewalttätigkeit, Lüge, Neid, Betrug und Verleumdung begünstigt; dazu stark ausgeprägter Egoismus, meist nur auf materielle Ziele ausgerichtet.

URANUS UND NEPTUN

Harmonische Aspekte

Bestrebt, Leben der Mitmenschen zu erleichtern; interessiert an den Gebieten Medizin, Erziehung, Ernährung, Philosophie.

Disharmonische Aspekte

Spannungsreiches Leben, nur schwer zu meistern, Ziele zu hoch gesteckt, Neigung zu Übertreibungen, weltverbessernde Tendenzen lösen Fanatismus aus; Versuche, seelische Konflikte mittels Drogen zu lösen.

URANUS UND PLUTO

Harmonische Aspekte

Charakteristisch für die Zeitströmung ab 1930. Scharfer Geist und Erfindungsgabe, Rekordsucht; eiserne Entschlossenheit, die Kräfte der Natur zu nützen.

Disharmonische Aspekte
wirken im Einzelhoroskop nur dann, wenn sie in dominierenden Häusern stehen. Macht, Haß, Zerstörung, kriegerische Auseinandersetzungen.

NEPTUN UND PLUTO

stehen einander oft jahrzehntelang gegenüber, so daß eher Zeitströmungen als Einzelhoroskope beeinflußt werden.

Harmonische Aspekte
Suche nach Erkenntnissen, Lösung von Lebensfragen, weltweite Organisationen zur Erhaltung des Friedens wurden unter diesen Aspekten gegründet (Völkerbund, UNO, Atlantikpakt, Pan-Europa-Bewegung).

Disharmonische Aspekte
Schwergewicht liegt auf Materiellem; Betrügereien und Scheingeschäften; Nichtbeachtung moralischer und ethischer Grundsätze. Überbewertung der Sexualität; Kriminalität.

Gutschein

Vom Autor dieses Buches
für Sie persönlich ausgestellt:
Das Horoskop der nächsten
3 Jahre!

Ein Blick in die nahe Zukunft
gibt Ihnen die Möglichkeit
gestalteten Lebens!

Name: ____________________

____

Geburtsdatum: ____________________

Anschrift: ____________________

____

____

Die Wiener Astrologische Gesellschaft genießt internationales Ansehen; ihr Gründer und Präsident, Herr Obermedizinalrat Dr. Heinz Fidelsberger, wird als Autor von fast 40 Werken zur Astrologie weltweit geschätzt und diskutiert. Politiker und Industrielle, Künstler und Prominente der Gesellschaft orientieren sich an seinen astrologischen Gutachten und Prognosen.

Nun können auch Sie das Horoskop Ihres Tierkreiszeichens für die nächsten drei Jahre erhalten!

Bitte senden Sie diesen Gutschein, versehen mit Name, Geburtsdatum und Anschrift an:

WIENER ASTROLOGISCHE GESELLSCHAFT

Stroheckgasse 5
A-1090 Wien/Österreich

und fügen Sie für das Rückporto drei „Internationale Antwortscheine" bei.

Sie bekommen dann Ihr Horoskop ohne jede weitere Schutzgebühr. Aber bitte haben Sie Verständnis dafür, daß Zuschriften ausschließlich dann bearbeitet werden können, wenn sie diesen Original-Gutschein und drei „Internationale Antwortscheine" enthalten.